魂断天水

江亚东 著

加拿大国际出版社

Canada International Press

书名：魂断天水

作者：江亚东

出版：加拿大国际出版社 www.intlpressca.com

Email: service@intlpressca.com

加拿大第一版: 2025 年 3 月

第一次印刷: 2025 年 3 月

印刷版国际书号 ISBN: 978-1-998479-38-2

电子版国际书号 ISBN: 978-1-998479-39-9

Title: Soul Lost in Tianshui

Author: Yadong Jiang

Publisher: Canada International Press www.intlpressca.com

Email: service@intlpressca.com

First Edition in Canada: Mar. 2025

First Printing: Mar. 2025

Printed Edition ISBN 978-1-998479-38-2

E-Book ISBN: 978-1-998479-39-9

目录

第一章　　在路上 1

第二章　　遇险 15

第三章　　晓蕾家 28

第四章　　返回金华 76

第五章　　再去天水 85

第六章　　有了儿子 97

第七章　　"不希望你来看我！" 114

第八章　　情之纠结 127

第九章　　三走天水 160

第十章　　最后的有情一族 171

作者简介 187

第一章　　　在路上

　　早上，刘可莘在服务区匆匆吃过早餐，就开着大货车又上路了。他现在是奔驰在湖北黄梅到黄石之间的高速上。这条高速是 1998 年底开始通车试运行。将来这个路段要并入福州至银川高速的湖北段。

　　公路两边倒是景色宜人，绵延起伏的山峦，有时还有弯弯曲曲的小河，算是一幅赏心悦目的山水画。可是刘可莘真是一点兴致都没有。让他窝心的事情一件接着一件。本来，这次出来跑运输，是老婆于淑萍连劝带逼催他出来的。这事源于老丈人前些时候因为胃溃疡住院，院方说如果想用进口药，医保是报不了的，只能自掏腰包。而家里三个半月前刚好又因为老婆的弟弟买婚房要付首付，老婆硬是把家里三个银行存折都几乎掏空了。为这事，夫妻俩还吵了两架。刘可莘说，我不反对你帮你弟弟，但你也别连自家的家底都掏了个底儿掉，万一我们碰到个天灾人祸怎么办？老婆也不甘示弱地说："我跟他是一母同胞，我不帮他还能指望谁帮他。再说人们都说救急不救穷，我又不是救他的穷，我是救他的急。买个婚房一生就一次的事。他要是将来离婚再婚我是决不会管的。"其实，自己老婆真没少帮他这个弟弟，只不过是她弟有他自己的稳定的工作和生活圈子，所以平时也没有太多需要她帮大忙的地方。大概是不少女性结了婚之后，常常惦记着要用自己新组建的家庭的资源来帮扶娘家的弟弟，于是，人们给这类女性取了个响亮的名号：伏地魔，这是"扶弟魔"的谐音。当然，刘可莘彼时驾车飞驰在去往黄石的高速路上的时候这个专有名词还没有出来。不过，刘可莘担心的"天灾人祸"倒是真来了，虽然它既不属于天灾，又不属于人祸，而是老丈人因胃溃疡导致大出血而紧急住院。这一下老婆更是急火攻心，日夜操劳。既对治疗方案到处请教，又为筹措治疗费用而绞尽脑汁。她知道前不久因为弟弟的婚房已经掏空了家底，甚至还跟几个闺蜜借了些钱（这事她暂时都不敢告诉老公），现在父亲治病再要用钱就连借的地方都没有了。也是天无绝人之路，刘可莘的一个开私人运输公司的老战友偶然问了刘可莘一句，有个货运单子是否愿意跑一趟，电话开始是打到刘可莘的单位，人不在，电话又打给老婆，结果她一口应承下来。刘可莘知道后就埋怨老婆怎么不事先商量一下就一口答应。可老婆就觉得这个赚钱的机会不能错过，结果两人为这事又小吵了一架。不过，终究还是被老婆赶着鸭子上架，极不情愿但又无奈地开着大货上了路。但是，真是上了路，就权当作是换个环境吧，省得在家里跟她怄气。

有道是"福无双至，祸不单行"，这出来一趟本身就是憋着气出来的，结果昨天晚上在服务区休息时，小半箱油又让人给偷了。

刘可莘是昨天下午开着车从金华出发的，一路经过衢州，景德镇，九江，再通过九江长江大桥进入湖北黄梅县，在接近黄石的附近的一个服务区把车停下来，吃晚饭，洗澡，休息。在金华临出门时，老婆一再叮嘱，一人出门在外，安全第一。一路开车，非常辛苦，务必要休息好。第一是睡好，其次才是吃好。睡眠直接关系到安全，所以每到晚上，一定要赶到加油站附近的饭店或旅馆住宿。他记得当时他下车前看了看仪表盘，油箱里还有三分之一多一点的油，他当时就懒了一下，决定跑一程再说。他下车后围着车转了一圈，又踢了踢轮胎，没有问题，便锁好车，进了服务区。如果当时要是加满了油，那这出来跑一趟，大半的辛苦算是赔进去了。他感觉是既窝火又庆幸。

刘可莘是在浙江金华的市政工程公司下面的一个工程队开运沙石的翻斗车。市政工程公司主要是为市政建设提供设计，施工，维护的经济体，算是地方国企。因为市政建设经常要赶工时，要在什么特殊的日期之前完工，比如国庆节，五一劳动节等，因此刘可莘他们施工队一连几个周末都加班成了常态。这样一来，刘可莘要是有个什么事情需要集中几天休假上面是基本上也会同意的，只要不是特殊时期，并且过去的加班费也不要。

车子经过武汉，再进入孝感，道路渐渐崎岖起来。这边已经不是高速路了。这是刘可莘第一次出远门跑长途，出发前老战友帮他测算了一下里程，到达目的地甘肃天水市的秦安县，大概是一千八百多公里。大约要 20 小时左右。这次出车，老战友曾问过他，是否要再请一个司机，两人轮流开，因为毕竟是长途。刘可莘一口坚持他一个人就行。本身就是为了想多挣几个钱救家里的燃眉之急。好在年轻，要扛一扛也是没有问题的。但这一个人出车，确实是有点寂寞。这事当初老战友也考虑到了，还问过，如果不再请一个司机，你也可以让老婆作陪。一路上可以陪聊天，帮忙做饭洗衣。战友还戏谑地眨巴眼睛说，不妨请嫂子给你陪吃陪睡陪聊天，算是当三陪。刘可莘也尴尬地笑着说，想请她当三陪真没有这个福分。她这几天本身要上班，又要照顾女儿，还要照顾住院的老丈人，把家里这一摊打理好就是已经是劳苦功高了，绝无分身之可能。

说起老战友，他们是同一年从金华参军到武警部队，又同时退伍回金华。回来后，老战友开了一个物流公司，有那么几台车，贷款买了两辆，又租赁了三辆。因为父母有资源，人又比较活络，建立了比较稳定得货源。一天，老战友希望自己帮忙跑一单长途，送一趟加急的货物。这是西北一个县的地方风味食品厂，因为开发了一种新的风味食品，很是畅销，于是从金华紧急订购了几台食品加工机械。希望尽早送到。战友请他帮个忙，车货都弄好了。啥都不用他操心。他只需拎包上车即可。这一趟跑单如果一切顺利，可以挣个几千块钱，抵得上自己两个半月的工资。

车是一台东风厢式大货车，已经跑了有 5.8 万公里，车况还算是挺不错的。

刘可莘在刚上高中时，因为物理成绩不好，便不得已进了文科班。文科班几年，忽然对历史发生了兴趣。依据他在班上的历次测验模考，虽然不一定进得了985、211，但考个二本大学还是很有可能得。非常不巧的时，离高考前三个半月，父亲犯了一场大病。他又是个孝子，和母亲日夜照看父亲。结果高考失利，只勉强考了个三本，而且还不是什么好专业。恰好此时部队招兵，刘可莘一跺脚就去了。也是向往军营生活吧，觉得那儿有朝气。以前中央台的"军事天地"他也没少看。他那一年的兵是武警。开始是 3 个月的新兵训练，主要是踢正步，走队形，叠被子。后来还学过一段时间的散打擒拿。再后来，当过宣传干事和调到汽车连，开车一直开到退伍回家。

一路上，看着树木急速向后退去，他不禁想起自己当年在武警开军车时经常和老战友一起出车的情境。那个时候真是无忧无虑，到哪里都是完成任务后就去当地找好吃的风味小吃。有时间就去影院看个电影。真快，一眨眼，退伍回家都有 9 年了。按照常人走的老路子，先找工作，再找对象，然后是结婚生子，噢，对了，是生了个女儿。说到女儿，他也确实是喜欢得不得了，但心里总有一种隐隐的遗憾。因为他还是更想要一个儿子。

汽车一路向西，下了高速上国道，又下了国道上省道。第二天下午，车开到了宝鸡，到了服务区，下来休息。根据交通部的条例，连续开车 4 个小时就必须把车停下来，休息至少 20 分钟。否则便是疲劳驾驶，一旦查出，即使没有出交通事故，也要罚款加扣分。

他看看天还早，就在服务区买了一笼屉小笼包，一碗豆腐脑，准备坐下来慢慢吃。刚好碰上另一个进餐馆的司机，要了一杯热豆浆和和两个烧饼，共一张餐桌面对面坐着。到这儿来就餐的，都知道是跑长途的大货司机，于是两人有一搭无一搭地聊起了现在公路货运的形势。对方是个正儿八经的老司机，脑子里的故事太多了。聊着聊着，刘可莘把小笼屉往前一推，说自己吃不了这么多，店里是按整笼屉卖的，请老司机一起分享。说着，刘可莘谈起了自己昨晚油被偷的痛苦经历。结果，老司机说你这个是小案子，根本不是个事。他说现在运货上路，偷油几乎是常态，虽然不是人人都碰得到。接着，他说起关于他的被偷油的经历。他说，一般单人货车是很容易引来"油耗子"的。在他十八年的公路运输生涯中，他曾多次遭遇过"油耗子"。有几次他早晨一起来发动汽车，结果发现油箱里滴油不存。他也是多次在服务区听别的老司机说过小偷偷油的故事和经历，但一直没有见过。直到有一次，他下高速有点晚，到半夜一点半才进入服务区。他感觉有点疲劳，就把车子熄了火，在驾驶室里打了个小盹儿，等他下来时，亲眼看见三四个人开着经过改造的汽车，进入服务区的停车场，来到一辆半挂车的旁边，待他们确信驾驶室没有人时，撬开油箱盖，用油泵抽油，不到 5 分钟便抽干满满一箱价值约 2500 元的油。这是他第一次，也是唯一的一次亲眼目睹油耗子在干坏事。

听完老司机的一些经历，刘可莘忽然感觉到，大家都说开大货车挣钱，可有谁知道他们一路有太多的风险，甚至生命危险。昨天晚上他在黄石附近的服务区住宿时，也是听老司机讲过一些惊心动魄的危险经历，有个司机说他亲眼看见他前面有 4 台车撞在一起，还燃起了大火。至于住宿时，司机们在客房里刚躺下休息，就有女人敲门，问是否需要"特殊服务"这种事更是稀松平常。

和这位老司机道别后，刘可莘又上路了。离开了宝鸡，基本上就可以一气儿直奔厂家了。

等下了省道，刚上地方公路时，突然看见前面的车都排起了长队在路上慢慢地爬。刘可莘下来一问，是前面有车追尾，占了一条车道，交警刚到达事故现场。

这一堵，一个半小时又耗掉了。等到了厂家，天已经大黑。卸完货，已是晚上 9 点半了。跟厂家做了交接，填了几张有关的表格，刚好 10 点整。厂家说可以帮他联系一个宾馆，但刘可莘怕厂家联系的宾馆太高档，就婉言谢绝了。因为人家只帮忙联系，费用是自己出。合同里不包括司机的吃住。再说小地方的宾馆再高档也不能跟浙江的地方宾馆相比，出来就是奔着挣钱来的，去哪儿不都是找个床睡一觉吗？在武警服役那会儿，集体宿舍不也睡过来了吗？

刘可莘跟厂家打听了一下哪儿有小旅馆，再循着他们的指引，来到了厂家附近的一个简易旅馆。

旅馆是个小二层楼。外面两盏灯打在一个招牌上是"喜东来饭庄"。刘可莘推门进来，感觉似乎没人，也许是太晚了，突然一声"大哥你好！"，声音从边上传来。刘可莘侧头一看，是一位 40 上下的妇女。"请问是吃饭还是住宿？"

"又吃又住。"回答简明扼要。

"好咧！看菜谱…"这女人说话干练，再加上那身打扮，有几分形似"新龙门客栈"里张曼玉扮演的老板娘。

刘可莘要了一碗兰州拉面，一盘酱牛肉，一瓶冰啤。因为已经是 10 点，店面又是在城边上，餐厅里就只剩下刘可莘一个人在用餐了。不一会儿，一个二十七八上下的俏女人端着一个托盘走了过来，上面是刘可莘点的那三样，外加一个玻璃酒杯。刘可莘因为太饿，头也没抬，道过谢端过大碗就扒拉着吃起来。他只晃了一眼，这女人穿着一件花格子衬衫，是长头发，仅此而已。女子把盘子里的东西都放在了餐桌上，还帮他开了酒瓶，把啤酒倒进了大杯子里，带着微笑说"大哥，请慢吃"就退下了。临走时，还回头看了一下刘可莘脖子上挂着的翡翠弥勒佛，再次留下一张笑脸。

女人这回眸一笑，恰好赶上刘可莘抬起头来看了她一眼，刘可莘忽然有一种如沐春风之感。

那个时候，手机仅为大城市的小部分富裕人士拥有，中小城市尚未推广，至于西部偏远省份的小县城，恐怕连个基站都没有。所以彼时刘可莘只能专心致志全力以赴地吃着喝着。如是放到现在，百分百的是边吃边刷短视频。

一会儿，老板娘一个人神秘兮兮地走过来，在他对面坐下，轻声地问道："大哥，要不要叫个特殊服务？"

"什么特殊服务？"

"出门在外，这还用问吗，你懂的。"老板娘狡黠地看着他。

"我是第一次出远门，代朋友跑车，真不知道。"他假装有点懵圈，其实昨天在服务区就接到过这种小传单。

老板娘又压低了声音，"叫小姐呗。"她大概是出于职业习惯，其实厅里并没有其他人。

"这个还是算了，别染上了艾滋，生不如死。"

"那就算了。"老板娘讪讪地走开了。

其实刘可莘知道，艾滋倒在其次，只要戴上套就没事，他更怕的是仙人跳。

吃着吃着，忽然从后厨传来了两个女人的争吵。说是争吵，其实是一方呵斥，一方申辩。声音也是一大一小，一强一弱。随着两个女人从厨房里边吵边出来，刘可莘耳朵里装了几句。

"我就是明天请一天假，晚上一定赶回来！"花格子女人轻声地说。

"明天一早咱这儿就开门，你让我临时去哪儿找帮手？"

"我一年到头只多干，没少干，这临时请一天假还不行吗？"花格子说着竟然哭了起来。

"我不管，我这生意是大事。生意好，大家都有得吃，生意不好，大家都喝西北风！"老板娘快人快语，似乎跟"新龙门客栈"里的女当家的又有几分神似。

这个时候刘可莘感到再也坐不住了，不紧不慢地说："你看你们二位，我大老远地从千里之外赶巧在你们这里吃一碗面，你们倒好，在我耳边擂起了战鼓。这分明是在下驱逐令的节奏！二位有什么大不了的事，至于在顾客面前这么嚷嚷吗？啊，对不起，这位小姐倒是轻声细语，主要是你这位老板娘，那架势，那气势，缺乏当领导的气度，跟员工一般见识！人家员工长年在这儿工作，何至于有个急事请一天假都不行？你放了人家这一天，人家甘心帮你干十年，何乐不为？现在做股票的，也还讲究个长线投资呢！"

刘可莘终究是个顾客，顾客就是上帝，所以说轻说重都无大碍。何况说的似乎在理。

经刘可莘这么一说，老板娘登时就羞红了脸。说："好好好，看在这位大兄弟（现在不叫大哥了）的面子上，我且依了你。明天我来顶班。那我还得赶快把我侄女儿子的满月酒给推了，本来说好的明天在福来酒家见面。"

刘可莘急忙说："谢谢老板娘赏脸！"接着又转向花格子女人说："其实你们老板娘还是通情达理的，连亲戚的酒席都给推了。"刘可莘这时才看清楚眼前的这位穿花格子的女人那张脸用标致二字一点不夸张。

女子也就势跟老板娘道了谢。

于是，一场微型劳资纠纷在刘可莘的调解中化于无形，各自安好。

刘可莘不紧不慢，自斟自饮地喝完一瓶冰啤，并把拉面和牛肉都塞进了肚子里，一抹嘴，便拿着钥匙上了自己的客房。他准备今晚先洗个澡，再痛快地睡一觉，明天一早就要去清水县拉一车全纸箱包装的货物往回走。不过回程的货物时效性不强，两周之内到达都行。跑这么远的路程，没个回程货物，真挣不了几个钱。如果路上再碰到个什么意外，或者罚个款，那基本就是白跑了。

这一天一夜跑下来，也是浑身汗味儿熏人。刘可莘进了客房，刚把东西放下，第一件事情便是打开淋雨洗了个痛快澡。等他刚穿好短裤，上衣还没有来得及穿，就听见有人敲门了。

"等等！"刘可莘估计可能是老板娘有什么关于住宿方面的规矩要交代。急忙扯了件 T 恤穿上，跑来开门。门一开，见是花格子女人。

这女人挎着一个篮子，里面装了两样样东西。

"大哥你好！"女人说着，还欠了欠身子，算是鞠了一躬。"谢谢你刚才帮了我一把！"

"不用谢，我只是多了一句嘴。来来来，请进屋坐。"说着，把女人让了进来。

"真谢谢你帮了我一把。这是我们老家的特产，真正的纯天然，没有一点污染。"女人说着，把一瓶麦积山花蜜和一包清水半夏放到了桌上。

"这么客气，我只是顺便多了一嘴，举手之劳。"

"要不是你跟老板娘说情，她不答应我请假，我明天真不敢走。毕竟，这个工作对我来说很重要。"

那你明天有什么急事吗？

"我……"女人刚开口，突然之间就呜呜地哭了起来。

"别哭别哭，有什么事就慢慢说嘛，哭也不解决问题呀。"

"我家里托人打来电话，说我儿子在发高烧，已经烧了一天了。我真害怕他会出什么事，所以明天无论如何都要去看看儿子，带他去医院。"

"儿子高烧了一天了，你哪里还能等？！亏你今晚还在这里坐得住，睡得着？"

"这都已经快 11 点半了，哪里还有车？我是决定要坐明天早上第一班车回去。"

"你们家离这里有多远？"

"大约 28 公里"

"你等我一下，5 分钟，我穿好衣服就带你走。"

"这怎么好意思，你跑完长途，正要休息，明天还要赶路。"

"现在别说这些了，孩子的病是天大的事。一分钟也不要耽误。你听着，这事让我赶上就赶上了。从现在起，5 分钟之内，我穿好外套，带上钥匙和车本。你也在 5 分钟之内，带上你该带的东西，我们这就走。顺便问一下，你叫什么名字？"

"林晓蕾，花蕾的蕾"她知道前面两个字大家都能猜出来。"那谢谢了，我这就去带上东西，我们马上走。"当母亲的，在孩子的事情上最知道轻重缓急。

"好，有什么事我们车上再说。你快去准备。"我跟老板娘打个招呼。刘可莘说着就去包里拿换洗的长衣长裤。还把所有拿出来的物品连同翡翠挂件又都塞回包里，他想了想，把整个包拎下楼了。

五分钟后，刘可莘和晓蕾坐着大货车上了路。车子卸了货，开起来是要轻松一些。

第二章　　　遇险

车子在公路上一路加大油门飞奔。

"我说晓蕾，现在说说你孩子的情况吧，孩子几岁了？你怎么不把他带在身边？"

听到这，晓蕾眼泪就又止不住地流下了，在抽泣中，断断续续地讲出了自己的身世。

儿子现在是 3 岁半，目前是跟着晓蕾的爷爷。晓蕾的老公是在一年前去世的。老公中学毕业后读了个农机方面的中专，因他父辈在当年是乡里农机厂的骨干技术员，算是子承父业。中专毕业后，因为自己没有资金，起先也只能在别人开的一个省道边的汽车修理铺打工。

他们结婚后，夫妻俩起早贪黑，省吃俭用，终于攒了一点钱，又加上银行贷款，买了一台手扶拖拉机。虽然投入成本不高，这却是这个小家庭能力的上限，当然也是他们的全部希望。当老公把手扶拖拉机"突突突"地开回家时，挺着大肚子的女人都激动地哭了起来。从小就在拮据中熬日子的晓蕾，忽然感觉到生活就要起飞了，希望的曙光在天边缓缓升起。

自从儿子出生以后，老公也突然间感到生活有了盼头，再辛苦都不觉得累。农忙时帮人家耕地播种，农闲时就搞运输。手扶拖拉机没有 4 轮拖拉机那么大的马力，运力自然赶不上大拖拉机，但它也有它的优势。它既可以在一般的公路上跑，即县级公路上跑，也可以在乡里的路上跑，甚至还可以在村头的土路上跑，对于稍微平坦的地区，还可以一直开到田间地头。一般情况下，只要有活，他基本上是来者不拒。婚后一年半不到两年，小夫妻甚至还贷款花了几万块钱在县里买了一个二手的二室一厅。

有一天，在儿子两岁半的时候，有一个活，是一户村民要盖房子，老公开着手扶拖拉机去拉水泥。那时，正好赶上下大雨，瓢泼大雨。当拖拉机走到一段山脚下的土路上时，突然间爆发了泥石流，瞬间把整个拖拉机和人都埋了。等到后来把人扒拉出来，人早就断了气。

晓蕾含着泪安葬了丈夫，这好日子才刚刚开始就脆断了。孩子没了父亲，自己成了寡妇。如今，晓蕾一个人带着孩子过。半年前，经一个朋友介绍，她来到秦安县的这个现在叫喜东来的小旅馆。也是因着她这张脸，再加上她的招牌式的微笑服务，确实对这家旅馆的生意有招财进宝之功效。老板娘也真心希望她能够长期留下，晓蕾也希望有一个稳定的工作。在这一点上两方面是高度一致的。

因为两个县城有一段距离，交通不方便，来回又要花钱，虽然每周有一天的休息，但晓蕾基本上是 3 个月才回一趟家。晓蕾上班时，基本上是每天工作 10 个小时以上，孩子才 3 岁半，带在身边肯定影响工作。晓蕾也是想等这边的工作稳定以后，孩子也大了一些，再把孩子慢慢接过来。目前，孩子就责无旁贷地由爷爷照看。也是因为经济上不宽裕，爷爷觉得在县城住，生活花费更高。还不如回到自己乡里的老宅，还可以照看自留地，日常的蔬菜可以完全不花钱，因此就带着重外孙回到了乡里。这里的家离本县城有 8 里地。孩子这次不知什么原因，突然发起高烧来，白天烧了一天，老人原以为下午会好转，但丝毫没有减缓的迹象，老人一时也没了主意，赶紧托在县里的过去的学生去县城电信局给晓蕾打了个电话，请她赶快过来。

说话间，他们也到了爷爷家，一摸孩子的额头，烫手。刘可莘二话没说，抱起孩子就上车。送到县医院急诊室，医生说，再晚半小时，轻则烧成聋子，重则大脑会造成永久性损伤。那个性急的医生还逮着晓蕾吼了一嗓子："哪有这样当母亲的，不拿孩子的命当命。你是后妈吗？"

晓蕾听完，登时眼泪簌簌流下。她看着刘可莘，百感交集。既有自责，又有委屈，还有对刘可莘的感激。

两瓶点滴打下来，孩子的高烧渐渐地退下去了，人也沉沉地睡去。晓蕾长长地舒了一口气。说话已经是深更半夜了。

这时，刘可莘才告诉晓蕾，他在差不多的时候就要回去。因为明天还要赶路，去拉回程的货物。

因为来时都是晓蕾一路指引带过来的，回去是深更半夜，连个问路的人都没有。那时更没有电子地图。晓蕾觉得无论如何都要陪着刘可莘回到小旅馆。来得及还可以让他补个小觉。

晓蕾跟一个护士小姑娘打了个招呼，又塞给她一包清水半夏，请她帮忙照看孩子小半天，明早就回来。便急忙跟刘可莘上路了。她打算把刘可莘送到旅馆后，一早坐 6 点半发的第一趟班车回来。赶回医院不到 7 点半。

刘可莘又开着大货上路了。路上，刘可莘跟晓蕾谈起了自己从浙江一路开过来的经历，甚至还告诉她在第一个服务区就被别人偷了半箱油的糟心事儿。晓蕾说：“在我们这儿，偷油倒是小事，这里的路上，深更半夜常有拦路抢劫的。因为在国道上，来往的车辆多，车也开得快，他们不敢拦，也拦不住。在这些县乡之间的公路上，碰到单独一辆车，他们就真敢截停。一般是搬两块大石头，或搬一截粗树干横在路上。这些劫匪一般是 4-5 个人。对于单独的卡车，哪怕是车上坐 2-3 个男人，他们也不怕。这深更半夜，荒郊野外，他们又人多势众，真个是“天时地利人和”了，而且手里还拿着棍棒短刀。因此，通常情况下，司机为了避免人身受到伤害，也为了把货物安全送达，总是采取破财消灾的策略，自认倒霉。这样一来，这些劫匪得手的机会就更多了，这又壮了他们的胆。”

听到这，刘可莘不由自主地加大了油门，打着远灯，车在一段直道上狂奔了起来。一会儿，他们来到一个拐弯处，卡车自然降低了速度。等他们刚刚转过来，感觉是个 90 度的弯，刘可莘正要提速时，突然感到浑身的汗毛孔都竖起来了。原来他看到前面的不远处，真就有一根粗大的原木横躺在马路上。周围有几个人在来回走动。借着车灯的散光，还可以看到有人拿着类似于扁担长短的木棍。车是肯定开不过去了，不想停也得停。

晓蕾一下子脸都吓白了，心都跳到了嗓子眼。她虽是本地人，此类事情也时有耳闻，但第一次亲眼看见这种场面，她也真是害怕了。

车子刚一停稳，立刻围上来 5 个年轻力壮的小伙子。两个人从两边使劲拍着车门，喊着"下来下来！"那个拿着木棒的人还故意用棒子敲敲前面的挡风玻璃。

刘可莘对晓蕾说："你坐在这里千万别下来，我来对付他们。"

"你一个人怎么行？他们可是 5 个人！"

"你别管，你不出来就是帮了我的忙！"为了给她吃个定心丸，他又补充了一句："我当过武警。"说着打开副驾驶前面的工具盒，拿出一个最长的扳手藏在袖子里，打开车门下了车，往前走了几步，来到几个土匪中间。他想尽量远离驾驶室。

一个光头走到他跟前，说："我们只要财，不害命，识相的话把带来的钱都留下。"

刘可莘借着远灯，趁着那人说话的机会横扫了一下这五个人，发现真有两人拿着菜市场肉摊上常见的那种切肉的刀，尖尖的。倒是眼前的这个光头是赤手空拳的，显得他是个头。"大哥，我一个货运司机，身上带的一点钱仅够路上加油和吃饭。人可以一两天不吃饭，车要没了油，不就趴窝了吗？我又不是做生意的，这年头谁会平白无故地带大把的现金在身上。"

"少废话，有多少拿多少！"那光头大吼了一声。

这时，一个喽啰已经走到车边打开了车门，打算独自翻找钱包或任何值钱的东西。突然他兴奋地叫起来：大哥，这里有个娘们！"然后又从屁股口袋里摸出手电筒一照"哎呀，好漂亮啊！"

一下子这几个土匪来了精神，都往驾驶室这边拥来，大概是急着要看这女人是怎么个漂亮法。

"好哇，老子今天是又劫财，又劫色，双喜临门那，哈哈哈哈！咱兄弟 5 个这回真有艳福了，哈哈哈！"光头高兴地叫起来。

刘可莘脑子立刻高度地转起来。他知道，一对五，再不果断地下狠手，晓蕾今天是在劫难逃。他突然之间拿出铁扳手朝那个"大哥"的右胳膊横着狠狠砸下去。他知道不能砸脑袋，这么大的扳手一砸下去，光头肯定脑浆迸裂。真要闹出人命是非常麻烦的。而胳膊砸得再很，无性命之忧，又可解除一个人的战斗力。因为下手太很，他都不知道这人的胳膊断了没有。

"哎呦！疼死我啦！你们快来呀，把这个人给我往死里打！"他左手捂住右胳膊声嘶力竭地喊道。

那几个人立刻又转回身来，一下子把刘可莘围住了。那两个拿刀的不敢近身，一是也怕闹出人命，二是看见刘可莘也有铁器在手，半斤八两。那两个拿木棍的就有些肆无忌惮了，挥起棒子就要往他脑袋和身上砸。

刘可莘用右手挥起扳手，假装去架来袭的木棒，忽然一个近身，跳到一个持刀者的面前，左手猛地抓住那人持刀的右手腕，使劲一拧，迫使对方顺着拧胳膊的方向转身。刘可莘的前胸就贴住了那人的后背，他就势用持扳手的右小臂紧进夹住持刀者的脖子，让那人动弹不得。这时刚好一根棒子砸下来，刘可莘急忙一偏脑袋，棒子重重地落在持刀人的左肩上。

"哎呦！打到我了！"那人叫了一声。刘可莘右手急忙丢了扳手，一把夺过了那把刀。就在这时，背后第二个持木棍的人从后面下了狠手，一棍下来，刘可莘只觉得在后面得脖子和右肩膀之间的地方被锋利的刀割了一下。奇怪，明明是圆木棍，怎么像刀子。可能是上面故意钉了钉子，或者是木棍上的枝权的疙瘩。眼下也管不了那么多，也不知道疼。他左手又朝眼前这个被夺了刀的家伙的左肩一掌劈下。那个挨了一棍的地方又受了一掌，疼得他立刻摊在了地上。这时剩下的三个人也急眼了。持刀的人不敢近身，因为刘可莘也有刀。此时对方大概知道这位老司机应该有些身手，用习武人的行话叫练家子。于是拿两个拿木棍的人只知道挥着木棍上下乱打。刘可莘这时也真是重重地挨了几下。刘可莘一边故意地发出一声声惨叫，并用左胳膊护住头部，一边来回地跳跃躲闪。忽然他瞅住一个空子，趁着前面的棍子刚砸下还没有抬起来的时候，左手一把抓住棍的一头就势一拉，把那个持棍者拉到跟前，右手上的刀立刻抵住了他的喉咙。

"别动！一动我就扎进去。"他故意用刀尖往他的下颚捅了捅，那人立刻痛得叫了起来。

刘可莘架着那人转过身来，对另外两人说："你们俩听着，你们五个人被我放倒了两个，还有一个现在在我手里，要放倒他是分分钟的事。我命令你们立刻放下手里得家伙，要不然我就刺穿他的喉咙。你们再要胡来，就是谋财害命，抓住了就是判重刑。我怎么收拾你们都属于正当防卫。你们看着办吧！"

那两个人一听，也知道真就是这么回事，手上的家伙不由自主地放下了。他们此时深信这个人身上一定有功夫。

"你们把家伙扔到我前面一米的地方，都后退五步，不许耍滑！"

　　两个劫匪不情愿地照办了。这些土匪都是方圆百里以内的农民，结帮抢劫，从未有过任何训练。主要是仗着人多势众，本乡本土的地理优势，再加上手里有家伙，对于远途路过的司机，单车拉货，碰上了，也奈他们不何。基本都是留下买路钱，自认倒霉。所以他们实际上几乎没有真的动过家伙。这是他们入道以来第一次真刀真枪地干，结果碰到个硬茬。

　　刘可莘这时还是架着那个人，大声说道："你们听着，你们先把横在路上的圆木头给我搬开，再沿着大路往我身后走到 50 米以外，就这样！你们玩花招我就收拾他！"说着又用刀尖顶了顶架着的人。

　　"哎呦！别……"

　　那两人只好照办了。看着两人走远，刘可莘把眼前的这人也放了，说"你往前面走 50 米。"他指了指车灯指示的方向。待那人走远，刘可莘把两把刀和扳手捡起，急忙上了车。刘可莘把车内灯打开了，看见晓蕾面色煞白，摊坐在副驾的座位上。

　　"你没事吧？他们刚才碰你了吗？"

　　"没有，刚才我好怕！都是亡命之徒。"

　　"其实都是乌合之众。"

　　"哎呀，你这里怎么了？全是血！"晓蕾惊叫一声。

刘可莘这才想起一开始被棍子狠打了一下，有像被刀扎的感觉。他扭头一看，右肩的衣服上全是血。刚才浑身上下都挨过棍子，浑身上下都感觉疼，肩上反而不显。刘可莘估计是木棍上钉了钉子，刚才棍子打下来时扎了一个洞，那劫匪就势一拉就划了一个大长口子。

"你帮我看看，是不是还在流。"他低下头往她那儿凑。

晓蕾把衣领扒开来一看，叫到"天哪，还在流！"

"赶快到我包里找出一条毛巾来捂住我的伤口。"

晓蕾急忙在包里翻了两下，只看到衣服，就立刻脱下自己的外套，把袖子折了一下，摁在了创口上。

"本来用我的衣服就好，省的弄脏了两人的衣服。"

"你要知道我家就在县里，多少衣服都能换。"

"不说了，我们赶快离开这个是非之地。先到儿子的那家医院紧急处理一下再做道理。"说着，立刻发动了车子，一踩油门，大货车一下子窜了出去。

"也好，应该赶快处理伤口，别的都好说。你开车，我摁住伤口。"

于是刘可莘又调转车头回到了儿子刚住进的县医院。晓蕾则是一路用左手捂着刘可莘的脖子。

进了急诊室，护士把衣服扒开一看，在脖子和肩膀之间开了一个大口子，在做了一些简单的消毒处理后，结果缝了

9 针。创口说大不大，说小也不小，缝针之前还打了麻药。护士说要第六天拆线。

因为创口比较深，医生建议当晚在医院住一天，以便消毒、换药和观察，预防感染。对晓蕾来说，这反而是个便利，她可以在一栋急诊大楼里同时照看两人。这一天都在不停地在两个诊室来回跑。此外，借着这个当口，晓蕾还在医院门口的电话亭打了两个电话。一个是给餐馆老板娘，说是儿子得了急性肺炎，需要住三天院，还要在家观察陪护三天。又拿着刘可莘给的电话号码给发货的厂家打了个电话，说司机发烧病了，要过几天才能装货，后面再联系。

第二天，儿子的烧基本退下来了，医生说只需要静养。晓蕾又趁着两人在医院里躺着的当口急忙回到家里把里里外外仔细打扫了一遍，有几个月没有住人了，哪儿都是灰尘。

医院里，刘可莘问过两个医生，他是司机，能否在医院里住两天，第三天出车跑长途？医生说绝对不行。开车出门在外，工作环境不好，容易出汗，而且住服务区的招待所，被褥不干净，非常容易造成感染。

实际上，创口虽然在脖子和肩膀之间，但更靠近脖子。刘可莘自己都感觉到现在脖子稍微转动一下都疼。他自己都感觉到两三天之内很难得到好的恢复。这种情况开车上路真容易出事。

第二天下午，两个病人都出院了。办出院手续之前，医生仔细叮嘱晓蕾，小孩只需卧床休息几天，加强营养即可。对于刘可莘，主要是预防感染，可以多给病人熬些鸡汤喝。鸡汤的营养价值很高，含有大量的优质蛋白，还可以辅助增强免疫力，促进创口的愈合。如有可能，还可以多吃一些含维生素比较高的水果和蔬菜，来补充身体的营养，但避免吃辛辣食物。医生还说在拆线之前还需换药一次，同时还可以观察创口是否感染。

在医院大门口，刘可莘说想在医院的附近找一个不太贵的旅馆将就几天。他说住晓蕾家，一是不太方便，二是不想给晓蕾添麻烦。还说晓蕾既要照顾还在养病期的儿子，再添一个大伤员实在不合适。结果，林晓蕾眼珠子一蹬，轻声地吼道："看你说些什么混账话！你深更半夜出车救了我儿子一命，接着为了保护我又被几个混混打得皮开肉绽，到我家养几天伤又怎么了？你给我们母子是有大恩大德的，你就连让我照顾你几天的机会都不给？再说旅馆单人间费用太高，双人间要和陌生人共房间，容易影响休息。我就有心常去照看你，都有太多不便之处……"

说到这，晓蕾眼泪在眼眶里打转。

听到这，刘可莘也觉得在外面住真不太合适了。而且他也觉得，这次出来，如果因为这个意外，真要是跑到旅馆住单间，一周下来，这一趟辛苦钱的一大半就捐给旅店了。如果是双人间，也真有诸多不便。

于是，脖子缠着纱布绷带，刘可莘开着车，载着晓蕾母子，来到晓蕾家。

那时候，车还不太多，空地有的是。她们找了个离家最近的一块大空地，把车停好了。

进得家门来，晓蕾对刘可莘说："家里有些简陋，你先在沙发上坐着，我把儿子的衣服脱了，把他哄睡了。"

刘可莘没有立刻坐下，站在门厅中间打量了一下屋子。这就是一个普通的人家。两室一厅的房子，面积都不大。屋里的家具都很普通，两个卧室各有一张床。木制的桌椅板凳已经开始脱漆了。在门厅里的一个角落靠墙放着两个不大的书架，上面几乎被书填满。最上一层的最右边有些空间则放了一个玩具汽车和两个洋娃娃。

第三章　　晓蕾家

　　"这几天，你就踏踏实实在这里呆着。我照顾病人，一个也是看护，两个也是看护。无非就是给你们爷儿俩做点好吃的。别的也没啥可做的。你俩要的就是静养，再加上点营养，这都是医生说的。"晓蕾怕刘可莘初来乍到不自在，先开了腔。说到"爷儿俩"，她还拉长了一拍。

　　等晓蕾把孩子弄睡着，带上门出来了，刘可莘指了指孩子睡的房间，问道："儿子上了学前班了吗？"

　　"是的，平时都是爷爷接送，周末也是爷爷帮忙看着。虽然是辛苦一些，却也能减轻爷爷的寂寞，再说爷爷也是非常喜欢这个重外孙。"

　　"有儿子好！"

　　"重男轻女？"

　　"我也说不上来，就是喜欢儿子。"刘可莘不好意思地笑了。

　　"那你儿子几岁了？"

　　"别提了，我老婆帮我生了个丫头片子，现在也是 3 岁多！"

　　"现在生男生女不都一样吗？"

　　"但我总觉得要是有个儿子还是好！虽然我现在对女儿也是喜欢得不得了，不亚于任何本来就喜欢女儿的父亲，但总觉得没有儿子是人生一大遗憾，可惜一家只能生一个，真的好遗憾！"刘可莘说着还摇了摇头。

"实在不行，将来让你老婆躲到我们这儿来再生一个？我们这儿管得松，而且我还有一个在医院上班的朋友。"

"动静太大了，两人现在的工作怎么办？女儿老人谁照顾？将来怎么上户口？这都是实际问题。不行，动静太大了。"刘可莘再次摇了摇头，嘴巴一撇，真做出一副相当遗憾的表情。

"好了好了，不提儿子的事情，你好好休息吧，这个房间收拾好了。你昨晚一夜没有合眼。你现在先睡一觉，一会儿我出去买点菜，买只鸡，晚上给你们熬鸡汤喝。"

刘可莘在小客房里真的美美地睡了一觉。从医院出来，伤口就一直隐隐作痛，这睡了一觉，感觉好多了。他睁开眼睛，把小屋子打量了一下，知道自己在哪里。他下床走到窗前，拉开窗帘，外面正是华灯初上，万家灯火。

他走出屋子，来到客厅。客厅里，吸顶灯没有开，倒是开了两盏壁灯，淡淡的黄光，非常柔和。此时，小孩已经醒了，坐在沙发上看动画片。

孩子也看见了这个开着车把自己载来载去的司机叔叔，见他走了过来，轻轻喊了一声："叔叔好！"

晓蕾也在厨房里探了探身子说："刘可莘醒了，睡好了吗？"

"挺好的。"刘可莘回了晓蕾一声，接着就势坐在了小孩的旁边问道："小朋友，你叫什么名字呀？"

"赵霁明。"

"中间那个字怎么写？"

"雨字头的下面是一个整齐的齐。"

"霁明，好有诗意的名字！"

小孩子似懂非懂，依旧专注动画片。刘可莘一把搂住小孩，有心无心地陪着看。

晓蕾在厨房里说道："那是我爷爷给他起的名字，取自'滕王阁序'里的'云销雨霁，彩彻区明'。"接着她又说："你先陪孩子看看电视，饭菜一会儿就好。晚饭时你们先喝鸡汤。"

刘可莘只好硬着头皮挨着孩子身边看动画片。

约莫过了 10 分钟，晓蕾双手捧着一罐鸡汤从厨房里笑盈盈地走出，轻声说道"鸡汤来喽……"

刘可莘看着碎步走出的晓蕾，脑海里立刻想起了以前在武警部队服役时，有一次连队放映过去的老电影《沂蒙颂》，感觉眼前的晓蕾像极了英嫂。他耳边也立刻响起了"蒙山高，沂水长，……我为亲人熬鸡汤……"的优美的旋律。

刘可莘的心理一阵悸动，心想，这个女人真是个人间尤物，而且还那么心善。

"来来来，你们一大一小都来喝点鸡汤，补补身子，增加点元气。啊，对了，儿子，叫叔叔了吗？"

刘可莘急忙说道："叫了，孩子很懂礼貌的。"

"儿子啊，是这个叔叔救了你一命，你要一直记得这个叔叔啊！"

儿子似懂非懂地点点头。

"你看这儿子多机灵，唉，有儿子还是好！"

"又来了，都啥年代了，还满脑子封建。"晓蕾笑了笑。

"唉，我这个人就是这个弯转不过来。儿子一百个都不嫌多，女儿一个就够了。"

"好了，不提儿子的事了。告诉我，明天你想吃什么？有什么忌口吗？"

"没什么忌口，好像也没什么特别喜欢的。"

"就是喜欢儿子？"晓蕾又笑了。"明天我去买一条鱼，也不煎也不炸，清蒸给你们吃。"

刘可莘笑了："你这一说，我倒想起来了，我是喜欢吃清蒸鲈鱼。"

"好，就这么定了。再给你们做个青椒炒鸡蛋，木耳炒西兰花。再给你们熬一个排骨汤，这就齐了。"晓蕾口气坚定，俨然一个家庭主妇的口吻。

也不知道是下午睡了一觉还是因为是新环境，晚上躺在床上，刘可莘是翻来覆去怎么也睡不着。满脑子是晓蕾端着鸡汤向自己走来的身影。如果不是浙江有个家，他甚至觉得这个家也挺好的。刚才一家三口，吃着晚饭，说说笑笑，真是温馨极了。回想起家里的那一位小学老师，说起来是个老师，整天大大咧咧地，有时还逮着个鸡毛蒜皮的事大呼小叫地数落着。唉……，想着想着，刘可莘在后半夜慢慢睡去了。

第二天，刘可莘一直睡到中午才醒来。接着又陪着孩子看了一下午电视。傍晚吃过晚饭，晓蕾怕刘可莘在家呆了一整天，太烦闷，便提出陪他出去走走，换换空气，活动筋骨。她便让儿子在家看动画片，自己陪刘可莘下了楼。因为是陪客人散步，晓蕾还特地穿了条西裤，再配了双半高的坡跟皮鞋。这让她看起来显得更加苗条。

他们围着小区兜圈子，一路走，一路聊。

"刘可莘，给我讲讲你这次来甘肃这一路的经历吧。"

"我不知道从何讲起，你想知道什么？"

"你常跑这一条线路吗？"

"这是第一次，恐怕也是最后一次。"刘可莘平静地说。

"为什么？"晓蕾急促地问道，似乎有些吃惊。"你这一路都可以欣赏风景，而且多少也能挣些钱吧？"

"跑运输是挺能挣钱的。因为我老丈人得胃溃疡住院，家里急需用钱，所以才硬着头皮临时出来跑一趟。我自己是在浙江金华本地的市政工程公司工作。"刘可莘当然不会告诉晓蕾，自己出来的另一个理由是跟老婆怄气。

"既然出车很赚钱，那你为什么不以开车为职业呢？"

"主要是常年出车在外，流动性太强，一天三顿饭很不规律，对身体肯定有影响。而且我老婆是当地的一个小学老师，算是有个稳定的职业，她不会跟我出来。还有女儿还小，两家的老人都在，4 个人有两个身体都不太好。我老婆一个人很难照顾这么多人。"

他们走了一会儿，来到离小区约有三四百米的一个开阔地。这里绿草如茵，还有几颗大树，算是这一带居民散步的好去处。而且在一片草地上还散落着几张长条椅，以供路人歇息。

晓蕾说走累了，就拉着刘可莘在一张长条椅子上坐了下来。

"你再给我讲讲你在部队的经历吧。"

"我是在武警部队服役。武警部队一般的服役期是两年，但是我实际上呆了三年。一开始是几个月的新兵训练，后来还有体能和格斗训练。再后来就上岗，担任省政府大楼的保卫工作。期间又当了一段时间的宣传干事，最后才当了汽车兵。因为车开得好，所以干了三年。"

"真没有想到你的经历还这么丰富，真让人羡慕。"晓蕾侧过头来，笑盈盈地看着眼前的这个人，"难怪你前天晚上，既救人于危难，先救了我儿子，又勇斗歹徒，救了我。这都还真是有历史原因的啊！"

"也不完全是当兵的经历，我这人从小就心善。"刘可莘说到自己从小就心善，有点不好意思地笑了。于是，他急忙说："你还没有跟我谈过你的经历呢，为什么你从不提起你父母？他们都不在了吗？"

一说到父母，晓蕾立刻显得很悲戚，她咬着嘴唇足有半分钟，才用低沉的声音讲起了自己的身世：这要从我爷爷说起了。爷爷以前工作时是在天水的一所中学教语文，文革时一度被赶到公社中学，后又贬到村办小学教书，一呆就是 8 年。直到文革结束才回调到公社中学，现在叫乡办中学。爷爷最后是在乡办中学干到退休的，退休后就靠着微薄的退休工资生活。因为一心扑在工作上，爷爷倒把自己的儿子忽略了。而且西部的村镇基础教育又无法跟中东部的教育大省相比，结果高考时父亲是顺理成章地落了榜。中学毕业后，也是因为爷爷当年的一个学生是个芝麻官，就把他安排进了县里的一个化工厂，凭工资吃饭。这在当地就算是不错的生活了。有了稳定的工作，父亲还经人介绍认识了本乡的一个姑娘，这就是我妈妈。他们结婚第二年我就出生了。本来，一家人，哪怕是作为社会底层的平民百姓，只要有个稳定的工作，靠着微博的薪金也可以平静地生活。可是天有不测风云，不幸总是追着我们这些苦命的人。父亲在这个化工厂工作了12年后，就患上了肺癌。同事们来看望他时，都议论过，化工厂会经常性地释放出一种淡淡的难闻的气体，不知道是否与这有关。总之，父亲在患了肺癌的第二年就撒手人寰了。家里唯一的经济支柱崩塌了。我们母女俩立刻失去了生活来源。爷爷虽然一直在接济，无奈那点退休工资太微薄，真的就只够最低程度的温饱。结果，母亲感觉到这苦日子实在没有出头之日，就狠心地一跺脚，撇下我们一老一小，一个人去了东南沿海，再也没有音信。后来有人说看见她在东莞的一个小酒吧做三陪。

因为没了父母，我的心灵总有阴影一直挥之不去，在学习上也给我带来了很大的负面影响。于是，在中学毕业参加高考时只是考上一个水利水电方面的中专。后来，因为实在不喜欢这个专业，就中途退学了。后来出去打工，再后来是结婚生子，一直在家照顾儿子。后来老公因为工程事故而去世，自己不得已出来工作。"

"你就不能找一个别的好点儿的工作吗？"刘可莘很惋惜地问。

“我不是不想，只是因为没有特别的技能，而且在我们这里工业和商业都不发达，不像你们浙江。我只好先在餐馆打工，挣钱养家。后面我也会不停地再找机会。”

“那你后来有没有考虑再找一个人家呢？”

“也不是一点考虑都没有，这就要随缘了。当初我从中专退学后，就常有媒婆来说项。我的条件是我可以不要男方的聘礼，但有两个基本条件：1. 我爷爷将来生活不能自理了，要把他接到自己家里来照顾；2. 万一爷爷生病住院，治疗的费用不能不管。曾经有一个比我大 7 岁的小伙子，也算是一个老实人，都一口答应下来了。后来他们家里极力阻拦，最终也没成。其实，先于这个小伙子，也有几家家境不错的相中了我这张脸，但一听我的这两条‘军规’，也都面露难色。他们有的还说宁愿一次性甩给我几万块钱的彩礼，都不愿意把老人接到自己家来长期照顾。我的这两条军规外加一个儿子当拖油瓶，有条件的人家都要考虑再三了。”晓蕾说完，深深地叹了口气。

两个人一时都不说话了，刘可莘也想不出什么话可以安慰晓蕾的。于是两人都沉默了下来。

这时，晓蕾看着天已经黑了，便站起来说：“天黑了，咱们回去吧。”

刘可莘回道："好的，回去吧。"说着也站了起来，两人一起往回走。"对了，刚才说到你老公，那他生前对你好吗？"刘可莘忽然又好奇地问。

"我老公虽然老实，但有时候也会性子急。在外面碰到什么不顺心的事情，也会回来拿老婆撒气。有几回甚至还动粗，用现在的话来说，算是家暴了。不过，虽然他脾气不好，但我还是很感谢他，毕竟他给了我一个儿子。"

"这么说你也喜欢儿子…"刘可莘的话音刚落，突然晓蕾尖叫一声"哎呦！"接着重重地摔倒在地上。

"怎么了？！"

"刚才一下踩在一块小石头上，崴了脚，好疼！是左脚！"

刘可莘弯腰一看，果然是一个小石头，半截埋在土里，半截露出来。他再蹲下来，"你把裤腿提起来，让我看看。"

"你快帮我看看，在脚踝处，好疼！"晓蕾坐在地上，一只手撑着身子，一只手提起裤腿。

刘可莘蹲着，把晓蕾的袜子退了退，由于天黑，他必须凑得很近才能隐隐看到一点，"好像有点淤青，但又看不清楚，你别动，我摸一摸。哎呦，真是肿了，还挺厉害的，像馒头似的。"

"你轻点，难怪钻心地疼！你把我拉起来，咱们赶快回家。"

刘可莘没有拉她，而是把她抱起来了。这比拉她会降低脚的疼，因为受了伤的脚可不能着地。

“你扶我回去吧。真倒霉，好好地把脚给崴了。”说着，一只手搭在刘可莘的肩膀上，准备要挪步。

“哎呦！你碰到我的伤口了！”这回轮到刘可莘疼得尖叫一声。

“哎呀对不起！”晓蕾急忙把手缩回放到刘可莘的腰间，她一只脚站不稳，必须得扶着什么。那只受伤的脚不由自主地吊着，“我只能扶着你，一只脚跳回去。”

“那怎么行？你穿着半高跟的皮鞋，要把右脚也跳崴了，那就彻底歇菜了。明天我和儿子吃饭都成问题！”

“那怎么办？我这脚一着地就疼，只能跳着走。”

“不行的，就算是右脚没有跳崴，你跳个十几步还可以，几十步就得把你累趴下，更别说有几百米远。”

“那怎么办？总不能在这里坐一个晚上吧。”

“实在不行，只能是我背你。”

“可是你背我的时候，我的两只胳膊拢着你脖子，又会碰到你的伤口。”

“这可如何是好？”一时间刘可莘也犯难了。

“大概你只能抱着我回去了。”晓蕾有些不好意思。

“恐怕也只能是这样了，好在天黑，别人也看不清。”

　　于是，刘可莘一把抱起晓蕾，掂了掂，开步走起。晓蕾躺在刘可莘的怀里，一只手搂着刘可莘的腰，心里暖洋洋的。一种莫名的感动从心底升起。刘可莘抱着晓蕾走过草坪，走在有昏暗路灯的路上。

　　"你累不累呀？我是不是太胖了？"晓蕾小声地问道。她是想打破无声的尴尬。

　　"还好，你平时看上去不胖，可现在抱起来还是挺沉的。当然主要是我这里还有个创口。要是放到平时，抱你简直是小菜，我可以跑得飞快。"

　　"你那么厉害？！那等你好了，我要你经常抱我！"晓蕾半开着玩笑，其实满心是期待。

　　"等我好了，就得走了。"刘可莘轻声地说道，似乎有些落寞。

　　晓蕾立刻沉默了。

　　那时，甘肃的小县城都是 4-6 层的小楼，没有电梯。晓蕾家在二楼，刘可莘竟然一口气抱着晓蕾上了二楼。在门口，晓蕾右手揽着刘可莘的腰，左手掏出钥匙开了门。

　　"好在是二楼，要是再高两层，我也抱不动了。"刘可莘低下头轻声地对晓蕾说。

　　进了屋，看到孩子睡着了。刘可莘先把晓蕾轻轻放到椅子上，再把孩子抱到主卧的大床上，帮孩子脱了衣服，盖好被子，带上房门出来了。

"你是不是该烧点热水帮我这肿的地方做热敷？"

"噢，不对，对这种急性软组织损伤，在 24 小时之内应该是冷敷。有冰块更好，没有用冷水也行。这可以减少组织充血。"

"你懂得真是多，好像啥都知道！"

"我原来干武警时，经常要做格斗训练。手脚胳膊腿碰伤是常有的事。有一次伤得厉害，就到武警医院去看伤科。赶上了给我看病的医生是我的老乡，是二军医大毕业的。他边给我看病，边跟我讲了一些训练时肌肉受伤时的简单处理方法。"刘可莘边说边拿着毛巾用自来水打湿又拧干后，跟晓蕾面对面坐着，把晓蕾的脚放在自己的大腿上，用冷毛巾敷着。

晓蕾一会儿看看自己的脚，一会儿看看刘可莘的脸。她觉得自己自从长大成人之后，从来都没有一个人会这么细心地呵护自己的身体。而且这个人还是一个陌生的男人。她再一次感到一股暖流流遍全身。

折腾了大半个小时，刘可莘又烧了壶热水，服侍晓蕾洗脸刷牙，再把晓蕾抱进大房间，放在床上才退出来。然后他自己也洗洗睡了。

这一晚，轮到晓蕾一夜没睡。自从老公没了，他从来没有跟一个男士如此的亲近过。跟老公生活的三年，别说老公从来没有抱过，就连亲密的举动都从未有过。而隔壁睡下的这个男人，今天让他抱自己是那么的自然。虽然脚崴了是一个契机，而且也不是故意崴的，但因着脚受伤，让他抱抱自己，她真有一种心都快要融化的感觉。刚才这一路回家，让他抱着，真的是好惬意，好温暖。刚才回家的路，她甚至希望长些再长些，她甚至希望他就这么一直抱着自己慢慢地往前走，没有尽头。她知道他会累，但她不管，因为让他抱着的感觉实在太好了。想着想着，直到天快亮了她才沉沉睡去。

其实，隔壁房间里，他也没有睡着。今天，他也是平生第一次抱着一个女人。虽然，抱她的理由非常自然，她的脚受伤了，而且是她提出来抱她的，而且这是他们能够回家的唯一办法，但终究是抱着一个美丽少妇走了一段路。任何男人不想入非非是不可能的，除非让柳下惠从地下爬起来。刚才抱着这个丰满的女人，他的心里也是暖洋洋的，荷尔蒙也在全身各处涌动，喷薄欲出……

第二天，刘可莘起来时，已经是 10 点半多了。晓蕾已经把早餐做好了。是小孩早上起来时把妈妈弄醒的。晓蕾的脚好多了，虽然走路还是一拐一瘸的，但肿消了大半。在家里做个饭菜还是没有问题。

"醒啦，昨晚真辛苦你了。"

刘可莘先是一愣，接着猜到晓蕾大概是指把她抱回家一事，便说："区区小事，何足挂齿。脚还疼吗？"

"现在好多了，至少是可以在家里走路。下楼恐怕不行。"

"等吃过了早饭，我再给你冷敷一次。"

"好啊！我也希望这脚快点好起来。要不然干不了事，明天买菜都是问题。"其实她是希望他再次把她的脚放到他的大腿上，轻轻地抚弄。"今天你们爷儿俩将就着简单地吃，冰箱里的食物快吃完了。明天买了菜回来给一家人做大餐。"晓蕾真心希望刘可莘在这里就像一家人。

吃过简易早餐，刘可莘又给晓蕾做了一次冷敷。等做完冷敷，刘可莘在房间里感到实在无事可做，就走到书架前，漫不经心地翻着已经落了一薄层灰的书。

在书架的最上一层，他看到有好几本三毛的书，紧挨着排列的，还有几本席慕容的作品。在同一层，还《平凡的世界》，《白鹿原》等等。在书架的第二层，有几本中文版的世界名著，比如《简·爱》，《呼啸山庄》，《安娜·卡列尼娜》等。还有几本人物传记，有鲁迅的，林语堂的，还有徐志摩的，林徽因的。还有几本外国的什么人物的传记。刘可莘看见这几本外国的人物传记，别说人物很陌生，就连名字都记不住。

"这些书都是你买的？"

"绝大部分是我爷爷买的。他当了一辈子的语文老师，一生也没有什么别的爱好，只是爱好文学，历史和哲学。他年轻时一度想做一回文学青年，但终究是扛不过一家人的生计，最后还是现实战胜了理想，老老实实地在教室里的三尺讲台上度过了平凡的一生。也实在是因为真的爱好文学，爷爷在让一家人有温饱的前提下，把从牙缝里省下来的每一分钱都用来买书。他买书有一个小规矩，就是他觉得他买的这些文学方面的书都是我在长大以后也能看得懂的。我记得有一次他带我上街，在一个书摊前，他看见一本喜欢的书，好像是关于康德的什么书，我也不太懂，他拿起了又放下，放下了又拿起，最后还是放下了。唉，也实在是因为穷吧。正是因为爷爷喜爱文学，所以我的书架上放的都是人物传记和一些比较热卖的作品。其实在乡下，爷爷还有一部分书。全部是历史和哲学方面的。"

"这么说，你爷爷还真是有些文化底蕴了？"

"是的，我也是后来跟他两人相依为命在一起生活的时候，才知道他的一些家世的。原来，在晚清时期，爷爷祖籍是山西太原人。祖上有人中过秀才的，于是世代就有了读书的传承。到了国民党时代，家里也都是节衣缩食要供养孩子受教育，至少要读个师范中专或师范学院。爷爷就是解放前一年师专毕业的。文革前就在天水教中学，在文革中他的解放前的求学经历就成了罪状了。造反派们无休止地问：'家里不是剥削阶级，怎么供得起你读师专？'清理阶级队伍时，爷爷一家就被贬到清水县的一个公社中学，再后来，又贬到了一个村办小学。直到文革结束才调回到乡中学。"

"你爷爷真受过不少苦难。而且即使是这样，从他买的这些书，依然可以看出他一直保持对知识的探求。"

"爷爷不能说上知天文下知地理，但他还是蛮通晓古今的。说来你可能不信，他那儿方圆几十里地的人都把他当作世外高人看待呢。他周围的人碰到有些拿不定主意的大事都会来找他讨个思路。"晓蕾露出几分得意的神情。

"这还真是有些神奇。请问书架上的这些书你都读过了吗？"

"不好意思，没有全读，只读过三分之二，还多一些吧。一部分是读中学时看过的，一部分是生这个儿子时在哺乳期看的。当时怀胎 10 月和后面给儿子的哺乳期，差不多是我一生中最放松的时期。因为不用朝九晚五地上班，整天就在家里呆着，也不用出去跟人打交道，精神上很放松。当时是老公的小生意还过得去，虽然起早贪黑很辛苦，但每隔几天就有一些碎票子进来。可以说那段时间我从未感到过有什么经济压力，虽然还有一些房贷。

也正是在这段时间，我在把儿子喂饱喝足奶水，在沉沉睡去之后，有事没事之间把爷爷当年买的书是一本接一本地读。对爷爷来说，八十年代中期之前，又没有电视机。对于不愿串门聊天打麻将的小知识分子，像爷爷这样的人，读书是他们打发业余时间的主要方式。爷爷当年买这些书，一方面是自己的唯一爱好，一方面也是希望儿子养成读书的习惯。

但实际上，儿子没有读几本，倒是后来营养到了我这个当孙女的。我是借着这一年半，一口气读了几十本了。尤其是几本人物传记，看着看着我会感动得眼泪都吧嗒吧嗒掉下来。"

"你这书架上的林语堂的《京华烟云》读过吗？"

"读过的，写得非常感人。就因为看过这本书，后来我还一集不落地看过'京华烟云'的电视连续剧。"

"《京华烟云》我没有看过，但我看过他写的另外一本书，叫《中国人》，他对当时中国人的描述感觉就像现在的中国人一样。"刘可莘边翻着《京华烟云》边说。

"感觉你好像对文学也有兴趣。"

"没有啦，跟你不好比。不过我在武警时，当过一段时间的宣传干事，那个时候也读过不少书。当时想写一些有分量的报道，希望弄点成绩出来好提干。就那时读了一些作品。"

"后来提干了没有呢？"晓蕾对刘可莘的任何经历都有兴趣。只要刘可莘说到他的某个经历，她都会追问一句。

"没有，要有，我今天也不会到这里来。"

"是努力不够？"

"跟努力真没有关系。我们在部队有一个说法：'说你行你就行，不行也行。说你不行你就不行，行也不行。'"

晓蕾笑了。"这么说，我也不希望你提干。"

"为什么？"

"你刚才不是已经说了吗？"

"我说什么了？"

"要是提了干，你也不可能到这里来啊！"

"原来就为这啊，我说是啥呢。"刘可莘也笑了。

"是啊，你要不来，我这儿子这条小命在不在还说不定呢。"

刘可莘笑得更厉害了，"区区小事，何足挂齿。"刘可莘说着还摆了摆手。

"人命关天，怎么是小事？"

"对我来说，也就是一脚油门的事，你以后别老提啦。"

"我不管你是一脚油门还是两脚油门，你救了我儿子一命，就永远是我的恩人。"晓蕾一脸严肃，说得有些动情。

"好了，不说这些啦。"刘可莘看见晓蕾黑黑的眼睛里有些泪水，便急忙转移话题："我看你这书架上有《林徽因传》，我前两个月还在一本杂志上看到过她的介绍。"

说到林徽因，晓蕾止住了泪水："是啊，这本书我看了两遍，总是感动得死去活来。"她随手从身边的二百抽里扯出一张纸巾擦了擦眼睛。"你知道她写的'你是人间的四月天'吗？"

"知道啊，很有名啊，我读的文章上面就有介绍。"

"是的，每当我读到她的'你是人间的四月天'时，真是感觉到文字竟然会这么美，难以形容的美。可能是因为我自己的生活太平淡了，很难体会她的诗里面更深的意境。不过，她的另外一首诗，真的让我震撼了，是那种心灵的震撼。读过以后，觉得人都快升华了。也许是我孤陋寡闻，我从来没有读过这么好的诗篇。"

"是哪一首，会让你这么震撼。"

"我背给你听：

你若拥我入怀，疼我入骨，护我周全；

我愿意蒙上双眼，

不去分辩你是人是鬼；

你待我真心或敷衍，

我心如明镜；

我只为我的喜欢装傻一程。

我与春风皆过客，

你携秋水揽星河，

三生有幸遇见你，

纵使悲凉也是情。"

晓蕾在背到"我与春风皆过客"时，特地用手捂着自己的心口，表示这是指自己。在背到"你携秋水揽星河"时又用手指了指刘可莘的心口，表示这是在指你。再后来背到"三生有幸遇见你"时，更是往前移了一步，点了点刘可莘的额头。

“真的是好美！这个林徽因真是少有的才女。”在晓蕾点刘可莘的额头时，他憨厚地笑了。

“还有她写给徐志摩的一些诗和文章，极有意境。只是我不太欣赏徐志摩的为人。林徽因不仅诗写得那么好，还在建筑领域有非常大的成就。”

“是啊，我们的国徽和人民英雄纪念碑都有她参与设计。”

“好像她在保护中国古建筑方面做了很多工作吧？”

“那是做了太多的工作。她和他的先生梁思成在解放前那么艰苦的条件下就几乎跑遍了中国的有名的中国古建筑，还编写了书。他们的工作对中国的建筑学真是奠基性的。”

“古建筑研究有什么特别的意义吗？”

“太有意义了！中国是世界上古建筑最多的国家。古建筑研究就是要保护和传承中国的文化遗产。他们在山西五台山发现了佛光寺，这是当时已知最古老的木结构建筑之一。为了测绘这座寺庙的有关数据，他们还忍受蝙蝠的侵扰，爬上脏兮兮的屋檐，在上面钻进钻出，非常艰苦。我甚至还看到了林徽因爬在古建筑的梁上的照片，很有意思。”

“他们真是非常的敬业！”

“就是因为他们长期在这种艰苦的条件下工作，林徽因后来得了肺结核。”

“好像是 51 岁就去世了？”

　　"是的，真正是英年早逝。那时她是清华的教授。"

　　说着说着，两人陷入了沉默，似乎都在为林徽因的早逝扼腕。

　　"好了，不说了，今天早点休息，明天一早我想把儿子送回爷爷那儿去，他在那里上一个私人办的学前班。他已经缺了两天的课了。明天是第三天，明天肯定又上不了学。他不能老是这么缺课。"

　　"你的脚还能走吗？"

　　"今天晚上休息一晚，估计明天就没事了。明天走之前我会把中午的饭菜都做好。吃过饭，你愿意出去走走也行，或者在家里看看书。晚上等我回来一起吃晚饭。"说着，晓蕾又把刘可莘领到厨房看了一遍，告诉他怎么热菜热饭。接着又说："我在'喜东来'打工，已经好几个月没去看爷爷了，这次一去，自然要跟他呆些时间。帮忙收拾屋子，打扫卫生，再帮他们做些好吃的。你去不方便，所以你就在家呆着。"

　　"没事的，我能照顾自己，你放心好了。"

　　第二天一早，晓蕾带着儿子搭乘去往邻县的中巴把儿子送去爷爷家。

　　刘可莘在晓蕾母子走后觉得一个人出去走甚是无趣，就趁着安静，一整天都在读《林徽因传》，因为昨天两人还很是热烈地讨论过林徽因。

　　他一个人在她家看《林徽因传》，看累了，就放下书，给自己到一杯茶，喝两口，百无聊赖地在屋里走走。忽然他看到晓蕾的主卧的柜子上有一个相框，于是他走进去，看看相框里的照片是谁。他凑近一看，是晓蕾和四个女同学的合影，背景是山，旁边还有一个小湖。照片下面题了八个字"同窗好友，郊游留念"。这五个女孩都是如花似玉的年纪，但衣着又都很普通，谈不上时髦，但又不像以前那样一色的灰。刘可莘在照片前久久地凝视着晓蕾，因为在这些女孩中数她长相最甜美。他忽然心生感慨，这个女孩生在普通人家，又是这偏僻之地，真是可惜了。但凡要是生在富贵人家，稍一打扮，那是何等的青春靓丽！即使是眼前的她，虽然衣着普通，但依然要比现在街头地摊的许多杂志上的封面女郎要好看多了。他甚至觉得她一点都不输那些谋女郎。唉，真是可惜了，他独自地摇了摇头。他甚至在想，即使她家不是大富大贵，就算是个小中产，但凡父母健在，又注意孩子的教育，让她考个戏剧学院或电影学院什么的，当个影视明星也是极有可能的。再不济的话，就算是读个普通大学，凭她那张脸当个系花校花什么的，找个好人家也是有可能的。无论如何，断不会成为现在的她。唉，真真可惜了，刘可莘久久地盯着照片这么想。

　　晓蕾回来是已是华灯初上了。她进来时，刘可莘还差最后一章就把《林徽因传》读完。

　　"爷爷身体还好吗？"

　　"身体倒是没有什么大毛病，只是血压有点偏高。但这次回去一看，感觉人又老了不少，都佝偻了。"

　　"上了年纪还没有什么大毛病，这已经是万幸了。人老了，这都是自然规律。你我也要走到这一步。"

　　"好了，不说了，我再来给你熬鸡汤。今天在爷爷家杀了一只走地鸡，在那边收拾好了，拿来就可以炖。你先看你的书。"说着，她走到厨房，拿起围裙系上，用砂锅装了半锅水，把收拾好的鸡切成几大块，点上火熬着。

　　接着开始洗青椒和给土豆削皮。接着又淘米做饭。期间，晓蕾又把吸顶灯关了，打开壁灯。门厅里立刻泛着柔和的橘黄色的光。

　　这时，外面起风了，感觉是要下雨。

　　刘可莘则继续看《林徽因传》，他想赶在晚饭做好前看完。

　　大约 25 分钟过去了，一声"鸡汤来喽……"，就像刘可莘第一天晚上在这里吃晚饭时那样，晓蕾双手捧着一碗鸡汤走着碎步出来。刘可莘也刚好读完传记，他抬头一看，哟，好一个"英嫂"！瞬间，一股难以言状的暖流从心底缓缓升起，他真想上前一步抱住她。不过他没有鲁莽，晓蕾双手端着热腾腾的鸡汤，他怕汤撒了烫着她。

等晓蕾把饭菜都摆上桌，他们面对面坐下，他们才第一次长时间的四目相对。

"儿子不在了，只有我们俩。"晓蕾微笑着看着刘可莘，既像是打破沉默，又像是在提醒什么。

刘可莘也笑笑："这样我们可以放松一些是吧。"

"你先把这碗热鸡汤喝了吧。"

"你也吃点什么吧，别老看着我喝。"

"我要看着你把这碗汤喝完我才动筷子。这汤里放了枸杞，熟地和当归，给你补补血。"

"好吧，我喝了。"说罢，真就一口干了。

"好，痛快！再来个鸡腿。"说罢，晓蕾用筷子从砂锅里捞起一个鸡腿，再用手抓住鸡腿的腿骨，隔着桌子送过来。刘可莘伸过手来接，不想晓蕾用另一只手把他的手打开，直接把鸡腿送到了他嘴边。刘可莘立刻会意了，张口一咬，咬下半边腿肉。晓蕾接着把剩下的半边腿肉塞进自己嘴里。两个人都在大口地嚼着鸡肉，相视而笑。

"要不要喝点红酒？不是什么好牌子，我们这个小地方，我这个普通人家。"

"来一点吧，其实什么牌子不重要，啥牌子我也喝不出来。只是不能喝多了，创口还没痊愈。"

"意思一下吧，只是想要个气氛。"晓蕾说着跑到厨房里，开了一瓶红酒，拿了两个小瓷器茶杯出来。"不好意思，也没有个高脚杯，将就着用瓷器杯子吧。"说着一人倒了半杯红酒。"我尽兴，你随意。"说完，自己先干了那半杯，又斟上半杯。

"没有关系，当过兵的人，啥都能将就。以前我们哥们经常聚在一起拿着刷牙的搪瓷缸喝白酒，这是常有的事。"

"吃菜！不提你当兵的经历了，给我讲讲你的家吧。"说着，晓蕾又用筷子捞起另一只鸡腿放进了刘可莘的碗里。

"普通得不能再普通的家庭，有什么好讲的？"

"说说你的那一位吧，我想听。"

"我们也是经别人介绍认识的，也没什么情呀爱的。双方见了几次面，觉得基本上都还过得去，你半斤我八两，乌龟配王八，就这么领了证。她是一位小学老师，教数学。说起来是老师，可是性子急。她虽然性子急，也常为一些鸡毛蒜皮的小事跟我吵，但也算是蛮顾家的，她对孩子的培养非常上心，对两边的老人也还不错。嗨，不说了不说了。还是喝酒吧。"说着，他拿起瓷杯跟晓蕾放在桌上的杯子碰了一下，自己一饮而尽。他没好意思说，他这次出来，也是老婆给逼出来的。现在心里都不爽。

“可莘，坐过来，坐到我身边来。”刚才可莘在说话时，晓蕾又是两个半杯下肚，脸上已经有淡淡的红晕了。

“还是你坐过来吧，我不想动。”他又喝了半杯。自己都忘了刚才说的创口没痊愈不能多喝的话。

晓蕾站起，带着凳子转了半圈，在他旁边坐下。

“可莘，今夜有你相伴，真是我生活中莫大的快乐。”晓蕾说话轻声细语，却又蕴藏着一丝难以察觉的忧伤。像是无法言说的心事，欲言又止无以表达。她是希望“有你相伴”的好时光不要太过短暂。于是，又问了一句：“你以后还会经常来我们这边送货吗？”

“我也不知道，可能不经常吧。上次已经说过了，这次是一个偶然的送货任务。”

“那以后我要是想你了怎么办？”晓蕾微笑着说，可深邃的眼睛里却渗出了泪水。

“那你就别想了呗。”可莘也是动了情了，心想，自己的那一位平日里说话大大咧咧，还隔三岔五地数落自己。全不像眼前的她，那么细腻柔软，风情百转。

“傻孩子，人哪里能拗得过心？”晓蕾看着可莘，叫他一声傻孩子，自己已是眼泪顺着脸颊流了下来。

刘可莘急忙抽出一张纸巾去帮她擦眼泪。可他这一擦，她的眼泪反而止不住了，像断了线的珠子，簌簌落下。晓蕾再也控制不住，一头扑进刘可莘的怀里，失声痛哭。”你不知道，我真放不下你！前天晚上你抱着我进家门的那一刻，我就知道你真实地走进了我的生命里。"

"我知道，人非草木，怎么能不知道？而你不知道的是，我来这儿的第一天晚上，当你两只手捧着一碗鸡汤从厨房里走出来的时候，你就已经走进了我的心里。晓蕾，我也是再也放不下你。算了，不说以后了。我们一起把这点红酒干了。"说着，他把酒瓶里最后一点剩下的酒倒进自己的杯子里，先喂晓蕾喝了一口，然后自己喝了一大口。他再次用手擦了擦晓蕾的尚有泪痕的脸，又柔情似水地凝视着晓蕾深邃的眼睛，心中渐渐涌上一种想要守护她一生的冲动。此时，两个人都无话可说，那一瞬间，他们似乎都听见了对方的心跳。刘可莘把椅子又挪了挪，两人挨得更近了。

窗外的夜色愈加深沉，这时外面淅淅沥沥地下起了小雨。细雨轻轻地敲打着窗子，像是为这静谧的时刻编织了一曲柔和的背景音乐。

刘可莘再次拿起酒杯，递到晓蕾得嘴边，让她喝了一口，然后自己一饮而尽。他放下酒杯，两只手抱住了晓蕾，用额头贴着她得额头，鼻尖贴着她得鼻尖，仿佛在诉说着无尽的爱。他们贴了足足有两分钟，刘可莘才轻轻地吻上了晓蕾。

晓蕾也闭上了眼睛，默默接受了这一场期待已久的温柔，仿佛整个人都沉浸在他的温软的怀抱里。一阵无法抗拒的情愫如海潮般席卷而来，带着不容抗拒的力量，将彼此拉近。

　　刘可莘的手在晓蕾的背上轻轻地抚摸，透过薄薄的衣服让晓蕾有一种温暖的微弱电流流遍全身的感觉，让晓蕾充满了幻想与期待。

　　"小宝贝，你今天跑了一天了，早点休息吧。"

　　"好吧，你抱我进屋。"

　　"没有几步路呢。"

　　"不，两步也要你抱。"

　　刘可莘不由分说，一把抱起晓蕾，还往上扬了扬，仿佛要抱她抛向空中。晓蕾先是一惊，接着欢快地大笑起来，她知道刘可莘在逗她。

　　此时，外面的风似乎变大了，雨也是一阵一阵地扫过，有节奏地打在窗子上，发出"哗—哗"的声响。一会儿，一道闪电划过夜空，外面开始打雷了。很快地，风雨交加，电闪雷鸣。窗子上的有节奏的"哗—哗"声顷刻间变成了急促的"啪啪啪"的声音。

　　屋里，刘可莘和晓蕾也彻底沉浸在风暴雨般的激情中。"晓蕾，你就是我的人间四月天！"刘可莘伏在晓蕾的身上，对着她的耳朵轻声地说。

　　"你也是，可莘！"

　　他们相拥着，幸福且热烈，一直在感受着对方的心跳。

一会儿，窗外的雨声悄然停歇，只有隐隐的水滴声从屋檐滴落，仿佛余韵未尽。刘可莘抱着晓蕾沉沉睡去，直至一切归于寂静。

第二天 10 点半，晓蕾率先醒来。清晨的阳光透过窗帘照入房间，房间里虽然光线不太强烈，但一切都清晰可辨。她轻轻地翻过身来，静静地看着身旁依旧在酣睡的刘可莘，知道他昨晚是消耗了不少体力。她回忆起昨晚的情景，心中依然泛起一阵爱意。"要是他能长久地留在这儿该有多好，可是…唉…"晓蕾就这样呆呆地看了他一会儿，觉得应该起来做早餐了，便悄悄地爬起来，悄悄地打开门，来到门厅。

晓蕾走到窗边，拉开窗帘，外面阳光灿烂，天空一碧如洗。她凝视着远方，忽然感觉到天是天，地是地，她觉得自己很久没有这么心情舒畅过。她又把昨天晚上两人在一起喝酒，交流，直至大半夜的激情，整个过程都在脑子里像放电影一样地走了一遍。她知道，没有几天，他就会离开，走得了无踪影，就像他的来一样。虽然不知怎的她不太喜欢徐志摩，但她觉得他的《再别康桥》里的几句话极贴切地表达了刘可莘几天之后的境况：悄悄的我走了，正如我悄悄的来；我挥一挥衣袖，不带走一片云彩。

她又叹了一口气，突然想起人们常说的一句话"快乐的时光总是短暂的。""唉…"她再次长叹了一声，拿着围裙系上，开始洗菜做饭。

忙着忙着，忽然一个人悄悄地从后面抱住了她。她感到浑身一阵酥麻，有人抱着的感觉真好！她知道是他，也不回头，边炒菜边说"醒啦，睡好了吗？"

"睡得特别香，真是好久没有睡这么好的觉了。"刘可莘依旧在后面抱着她，一边脸贴着她的后脑勺。

"那是因为昨晚的天气，暴风雨的夜晚都睡得香。"晓蕾依旧没有回头，"至少我是雷声越响就睡得越香。"

"还有你！"刘可莘知道晓蕾会明白他的意思。

晓蕾回过头来，朝刘可莘一笑。刘可莘忽然惊讶道："小宝贝，你今天看起来容光焕发，皮肤显得特别白，真是美极了。"说着，刘可莘在又晓蕾的脸上亲了一下。

晓蕾说："那是你给了我美好的体验和滋润，我要谢谢你！对了，根据那天给你缝针的大夫的安排，今天我要带你去换药。"

"我们是开车去？"

"路不算太远，我们可以走着去。回来时再带你到各处转转，就当作是散步吧。"

"好啊，我也想出去走走。"

"今天你起得晚，咱们就早饭中饭并成一顿吃了。"

"那没有关系，都快 11 点多了，还吃啥早饭啊。"

吃过中饭，晓蕾说："你稍作休息，喝点水，我换身衣服咱们就走。"晓蕾说着进了主卧，轻轻关上门。

一会儿，门打开了，只见她高挽发髻，还戴着一对绿色爱心流苏耳环并吊着十字架耳坠，那绿色是嵌着的心形翡翠。上身穿着欧莎法式 v 领飘带雪纺衫，下面穿着高腰直筒黑色长裤，她缓缓走出，仪态万方。

刘可莘忽然低头用双手蒙住双眼。

"你这是干嘛？"晓蕾不解地问道。

"你惊艳到我了！"

晓蕾大笑："少不更事，大惊小怪！"

"晓蕾，你这一身真是美极了，这三天你都这么穿着吧。"

"这哪能行，这几天主要陪你在家养伤。穿这一身在家干活不方便，也就偶然出去穿穿。"

在医院里，护士仔细查看了创口，还好没有感染，就简单地给他换了药。

从医院回来，晓蕾对刘可莘说："今天天气特别好，我带你去逛逛书摊，再逛逛超市，如何？"

"当然可以了，精神食粮和物质食品都是要买的。"

"那咱俩手拉手，别让我把你走丢了。"晓蕾笑着伸出左手。

“我才舍不得丢了你呢！”

于是，晓蕾和刘可莘手牵着手去了当地的一个私人的小书市。一字排列着大概十来家小摊位。上面的书有的书店里也有，但有很多是书店里没有的。诸如各种大案要案的揭秘，各种大明星的绯闻轶事，还有很多人物传记等。

两人耗了半天，结果是晓蕾买了一本海伦凯勒的《假如给我三天光明》。又租了一张光碟《宫锁心玉》。

然后，两人又来到菜市场，买了一些蔬菜，山药和牛肉。他们一人拎着一个塑料袋，一个装书一个装菜。然后晓蕾再次拉着刘可莘的那只没有拎东西的手，欢天喜地的回家了。

进了小区，她还冲着刘可莘轻声说了一句：“好在现在都是小区了，谁也不认识谁。要是住在单位家属楼，全是熟人，我也不敢这么拉着你。”说着，晓蕾朝刘可莘笑了笑。意思就是说，你也别感到不自在。刘可莘也朝晓蕾笑了笑，说：“就是碰见熟人我也不怕，要有认识的人也只是认识你。我还希望你这个大美女挽着呢。”

两人相视一笑，进了门洞。走上二楼时，晓蕾贴着刘可莘的耳朵说了一句：“跟你牵手的感觉真好！”

回到家，两个人一起开始准备晚餐，他们先在炉子上炖上了晚上喝得牛肉山药汤。

接着两人一起坐在沙发上，刘可莘用遥控器打开了电视。晓蕾斜靠在刘可莘的身上，漫不经心打开了刚才租来的光碟。看了一会儿，晓蕾不是很欣赏，就说："还是别看了吧，挺没劲的。"

刘可莘就问她："你怎么就不喜欢看清宫剧呢？现在不都在追这个时髦吗。一般要是有什么新的宫廷剧上电视，大家饭后茶余都在聊里面的故事情节。"

"我总觉得里面的剧情离现实生活太远。里面的男男女女永远不愁吃不愁穿，而且都是山珍海味，绫罗绸缎。接下来就是无休止的勾心斗角，你死我活。也许是我一直生活在社会低层，一直在为生计奔忙，宫廷剧里面的人和事真引不起我的共鸣，感觉离我的现实世界太远，远到了那是另一个星球发生的事情。"晓蕾说着，站了起来，"我去给你倒杯茶。"

一会儿，晓蕾端了一壶茶，还拿了两个杯子过来，再一人倒上一杯。

"晓蕾，我一直有一事弄不明白，想问问你。"

"请说。"

"你说你当年中学毕业时考上了一所中专，后来又退学了。这是怎么一回事？考上中专很不容易，尤其是你们这些偏远地区。将来毕业后还可以弄个事业编甚至是公务员，这可是铁饭碗，啊，不对，是金饭碗。我一直对此不理解。"

“这事好多人都不理解，连我爷爷也不理解。有时候我遇到生活困难的时候，也常问自己，当初的决定是不是错了。但我想想，又觉得没有错。”

“你当时为什么会做退学的决定呢？”

“这事就说来话长了。这跟我的两个朋友有密切关系。”晓蕾说着，拿起杯子喝了一口茶，似乎准备做长篇报告。

“怎么讲？”

晓蕾又站起，跑到自己的房间里，拿出一个相框，她擦了擦玻璃上的灰，靠近刘可莘坐下。刘可莘一看，这就是前两天看到过的那个相框。晓蕾指着里面的同学一个一个介绍起来：“这是我们高中的同班同学，我们这 5 个同学是一起从同一所初中上来的，当然同一所初中上来的也不止这 5 个。但我们这 5 个在初中就关系不错。中间这个叫余静，她是我们这几个里面家境最好的，她爸爸是我们这儿的卫生局的副局长。也是她爸，把我们这几个叫做五朵金花。她和我是这几个里面读书读得最多的，我主要是喜欢文学，而她涉猎得非常广泛，你说什么她都知道，我一度觉得天下没有她不知道的事情，所以我爷爷说她是我们这几个同学里面的女诸葛。她还告诉我，她爸认识我爷爷。确实，我们这几个同学中有谁碰到什么麻烦事拿不定主意时，首先想到的是跟她商量。而她一旦问清楚了事情的来龙去脉，接着就是咣咣几下，跟你一通分析，有理有据，再提出她的建议或解决方案，弄得你心服口服。"

"你的意思是她建议你辍学的？这可不是什么好主意。把你的金饭碗都搞砸了。"

"你慢慢听我说，事情还不是那么简单。中学毕业时，我们这五朵金花里面，余静高考成绩最好，她考进了西安医科大学。我次之，当时去了水利水电学校，也是因为我的高考成绩上不了更好的学校。中学时我想读文科，但爷爷坚决不同意，说文科将来没有出息，找不到饭碗。还是要靠技术立身。后来我去了本地区的水利水电学校，第一个学期我就学得非常苦。高等数学，普通物理都要学。因为第一个学期是新学期，不敢掉以轻心，成绩勉强中等偏上。那时，我认识一个比我高一年级的一个女同学，她也爱好文学，我们经常换书看。到了第二学期，开始是勉强应付，期中考试之前，这位同学借给了我赛珍珠的《大地三步曲》，这是获得诺贝尔文学奖的，然后又借给我张爱玲的作品集。她说是她的表姐从北京甘家口书市买的，一般书店看不到。她让我看完后赶快还给她。当时我是看得是如痴如醉，真是到了废寝忘食的地步。结果考试一下就挂了两科。还有一科是 58 分，老师看我作业做得挺认真的，给提了两分。这一下子我也慌了神。于是，我赶紧跟我们的女诸葛写信求教。因为我的情况她都知道，换了别人，有心帮我也不了解我，有劲使不上。

我的这位女诸葛认真问了我几个问题：第一，对数理化到底有没有兴趣；第二，在这个学校呆了大半年，对于水利水电这个专业应该有一个大致的了解，于是应该知道自己对这个专业有没有兴趣；第三，有没有自己有兴趣的其它方向。”

“当时我说自己有兴趣的发展方向还不是很明确，但前两条我是清楚地知道完全没有兴趣。余静听了以后果断地说，让我考虑退学。她说中学阶段的学习，你对某一门或几门课程没有兴趣，你依然可以咬牙学下去，甚至硬着头皮把它学好，因为要的是应付高考，就当作是临时练个本事去捡敲门砖吧。可那是阶段性的，可以忍受。但现在中学毕业了，不管是中专，大专还是大学，这都是在做职业前的训练，跟一生从事的职业生涯密切关联。如果一生从事的职业是一个自己完全没有兴趣的行业，你就没有动力去把它做好，甚至你会觉得是一种痛苦。人的一生很短暂，一生每天为了生计去做一个让自己感到痛苦的工作，这一生是非常失败的。你想想，一周有 7 天，其中 5 天你是迫不得已地在做你根本不想做的事情，人生还有意义吗？经她这么一说，我觉得很有道理，就动心了。这个时候，另外一个同学，就是最左边的这个，她后来嫁了一个包工头，当起了全职太太，整天主要的工作就是打打麻将，接送孩子上学。就是她的父亲，原来是一个小单位的领导，后来受政府之命和另外几个从不同单位抽调出来的头头脑脑成立了一个筹备小组，共同主持开发天水的旅游资源。因为，天水是华夏文明的重要发祥地之一、国家第三批确定的历史文化名城，这里有'羲皇故里'的名号，里面含有伏羲文化、大地湾文化、秦早期文化等等。我同学的父亲是这几个里面其中的一个的项目负责人。他觉得我形象比较好，就希望我来做他们这个旅游项目的形象代言人。他说天水的旅游资源很丰富，将来天水的旅游会迎来一个大发展。经他这么一说，我就真的退了学。我也觉得跟别人交流是我的强项和兴趣所在，就像余静说的，终身从事的职业如果不跟兴趣一致是很痛苦的，至少没有动力去做好。加入到同学父亲的这个团队以后，我确实做得有声有色，我也有兴趣把它做成一个品牌。我在那儿的时候，他们的宣传册和招贴画很多都是把我的头像作为形象代言放在显眼的位置。可是这样干了不到一年半，我被我们项目的上级单位，也就是文旅集团抽调上去了。集团里面有一位老领导似乎看上了我，开始说是要栽培我。他软硬兼施地逼我就范，要我跟他上床。那老头比我大 32 岁，他的女儿都比我大 6 岁，我怎么会答应他？结果，他就开始整我，搞得我非常难受，实在呆不下去，不得已只好从那儿出来了。出来以后，我宁愿去刷盘子也不想回去找他。后来确实经济上过了一段很拮据的生活，靠着爷爷的微博工资度日。我后来匆匆结婚，跟那时心情不好也有点关系。结了婚以后，一段时间没有工作，在家专心养孩子。儿子他爸出事之后，我一个人带着孩子，不得已只好再出去找工作，但这时就没有什么优势了。为了生计，只好先去饭馆去打工，再边找机会。这就是我大概的经历。"晓蕾说着还露出一张苦笑的脸，接着又补充道："对了，就是这个余静，有一次还说，根据她对我的兴趣和性格的了解和观察，她觉得我这人就是天生的恋爱脑。有这种脑子的人将来是注定要吃苦的，她还说我红颜薄命。我说这没办法，性格天成，吃苦也只好认了。"

刘可莘一听，一拍大腿："余静说得太对了，你就是一个恋爱脑！"

接着，晓蕾又介绍了另外两位同学，一个在当地结了婚，跟老公一起开了一家小超市，一个去了福建做服装出口贸易。"所以，这五朵金花现在在一起的还有三位，开超市的，嫁给包工头的，还有我这个在餐馆打工的。现在算我是过得最惨的。这大概是应了余静的话，注定要吃苦。"晓蕾说着，不好意思地望着窗外。

吃过晚饭，晓蕾又说要陪刘可莘出去散步，怕他老是在家坐着闷得慌。

这回，晓蕾是穿了一双平底鞋。说是怕再崴一下受二茬罪。他们这次是沿着路边的人行道散步。一出门洞，晓蕾便拉起了刘可莘的手，紧紧地靠着他。

在走了大约 30 分钟后，两个人又回到上一次来过的草坪，又在上一次的长椅子上坐下了。

"给我讲讲你这次出车送货的经历吧，所见所闻，一定很精彩，是吧？"

"精彩啥呀，很平淡，甚至很无聊。我都不知道从何说起。"

"那我来问你吧。请问刘司机就为了老丈人的医药费，不辞辛劳地跑上一千八百公里来送一趟货吗？你真是天下第一好的女婿呀。"

"晓蕾总喜欢揶揄我！其实，另一个原因是在帮一个老战友临时救火。当然，恰逢我老丈人住院，也正是急需用钱的时候。算是互相帮了个忙吧。"

"你的老战友自己跑运输，临时病了或有什么别的事情，请你代驾？"

"不是。"

"那是什么？"

"说来话长。我和这位老战友是同一年的兵，又是老乡，算是朋友了，他叫王天谅。我在当宣传干事的时候，他就已经在开车了。后来我也到了车队，就跟他在一起，真是朝夕相处，情同手足。后来我们同时退伍，又一起回来。我是我舅舅在教育局当个小科长，托了关系，就把我安排在市政工程公司工作。而我的这位战友命要好一些。因为他老爸是我们那儿商业局的，开始是销售科的科长，后来又提了副局长，人脉很广，他一回去就自己开了一家运输公司。他是自己出资付了一部分首付，当然其实是他父母的钱，再从银行贷了一些款，买了两台大货车。又租赁了三台车，凑成了 5 台，算是一个小有规模的车队了。他贷款租赁都不是问题。他们家有的是资源，而且根本不愁货源。"

"你怎么不去他的公司工作呢，好歹有个朋友照顾？"

"这就是问题了。我跟他在部队一直是战友，而且关系一直很好。现在退伍回家，他当老板，我当雇员，关系就不好处了，非常尴尬。我现在跟他还一直是好朋友，就是因为我们没有什么经济利益的瓜葛。我这次出车也是他开口请我帮忙。这个货单他已经接了，但司机家里出了大事，真来不了。他请我帮忙救急时，正好是我老婆接的电话，我们家正好需要钱，就爽快地答应了。两相便利，他还额外给了我一些出差补贴，已经够意思了。"

"以前跑过长途吗？"

"上千公里的没有，跑过两次上海，跑过一次江西景德镇拉瓷器。那是我自己闲得没事，不在乎钱多钱少，主要是跑着玩的。说起来，在去景德镇的路上还经历了一次事故。那次，拉了一车包装材料过去，讲好了拉一车高档餐具回来。在去的路上，迎面一辆中巴忽然失控向我前面的一辆货车撞过来。我一看不好，紧急右打方向盘，再左打方向盘，刚刚避开前面的货车，而我后面的一辆货车因刹车不及，硬生生撞了上去。结果三台车撞在一起，弄得一死两伤，而我竟然毫发无损。事后我老婆说是我脖子上挂的我妈留下的翡翠弥勒佛救了我一命。所以，你上次看到的那个翡翠挂件就是我出来时我老婆特意叮嘱我挂在脖子上的。"

"还是好人命大吧。这次一路上看风景也是很不错的吧，是吗？"

"没有你想象的那么浪漫。在一条看不到尽头的路上跑，其实是很单调乏味的。而且开车时，基本上是全神贯注，不太有时间也没有心情去欣赏风景。"

"一路上就不会碰到什么有趣的人和事吗？"

"如果经常出车在外，有趣的人和事应该也是有的，但我这次没有碰到。感觉一路上时时处处都有陷阱，真的需要格外小心。这也是我这次出车之前没有想到的，至少没有想得这么严重。但上了路以后，我自己碰到的，包括我在服务区听到的，真有一些挺恶心的事情。"

"你上次提到过你在一个服务区被人家偷油的事情，是怎么一回事？"

"那天我是下午从浙江金华出发的，开到黄石附近，还不到黄石，已经是晚上了。我进入了一个服务区，把车停好。因为油箱里还有三分之一的油，我就没有急着再加油。我知道再油用完之前，还会经过至少两个服务区，有足够的机会去加油。但是等我睡了一个晚上起来，第二天准备出发时，发现油被偷油贼偷得滴油不剩。我只好再加满一箱油。这一下让我损失了不大不小的一笔油钱。这也是我后来同意到你这里借住几天的原因之一。后来到了宝鸡附近的一个服务区我在那里就餐时，我跟一个路过的司机朋友说起这件事时，他竟然说我还算是幸运的，因为在加满一箱油后又被偷走的，也不在少数。"

"那你报警了吗？"

"没有。"

"为什么不报警？"

"你只能向当地警方报警，他们最多让你填个单子，做个笔录，也知道你只是过路的司机。而这些偷油贼又百分之百是当地人，所以这种事多半是不了了之。这是我在发现油被人偷了以后，跟服务区的其他路过的老司机打听如何报警和如何处理此事时，一个老司机告诉我的。"

"这真让人恶心。这事会经常发生吗？"

"这事当然不是人人都碰得上，但发生在任何人身上都不奇怪。"

"在路上类似恶心的事情还有吗？"晓蕾又好奇地问。

"有，有不少。有专门偷油的，还有专门偷备用轮胎的。大卡车的轮胎，一个也要花不少钱。还有专门偷车上的货物的。尤其是百货，偷得更厉害。像小家电，化妆品之类，大纸箱整箱整箱地偷。"

"既然出车在外总是会出现这种偷油，偷车胎，偷货物的现象，为什么不在出车时安排两个司机，这样可以轮流照看。请司机的钱总比丢失东西的钱要少吧？"

"你说得有道理。这里就涉及到出车几种用人方式了。如果是运输公司，送货又不急，司机一般是愿意一个人开车，人虽然辛苦，但收入会高一些。如果是紧急送货，公司一般是安排两名司机，两人轮流开车，轮流休息。对司机，对车，对货物确实安全性会高很多。但这只是紧急调配，一般不会每台车都配两名司机。公司不愿意养闲人，前面说了货运单如果不急，司机更愿意一个人出车，谁都希望拿多钱。如果车主是个体户，这里又有两种情况。一是司机也就是车主自己跑运输，就一个人常年在外面跑。这样他能够最大限度地保证自己的个人收入。如果遇到急单，他们会临时聘请司机。这种情况，一般是老婆在当地本身有一份稳定的工作，孩子还小，离不开母亲常年照顾。另一种情况，孩子大了，或者有爷爷奶奶帮忙看着，就有夫妻俩一起出来跑运输。这里又有两种小的情况。一种是夫妻俩都是司机，两人可以轮流开车。老公开车的时间多，老婆开车的时间少，因为老婆还要负责做饭，照顾老公的生活。还有一种就是老婆不会开车，只是单纯地陪伴老公，一路照顾老公的生活。这种情况下，别看老婆不会开车，她哪怕只是一路陪伴你，给你做饭，这对司机都是莫大的照顾。而且在老公开车时，她还会陪老公聊天。看到老公开车疲劳时，她还会时时提醒，怕老公出事。开车时，哪怕老婆一句话都不说，只要往老公旁边一坐，那司机心里的感觉都是不一样的。对心理，对身体都有益处。"刘可莘说着，还转过头来笑着看了看晓蕾。

"要是你能经常出车来我们这里，我真想找个机会陪你跑一趟。坐在你身边，这对你的心理身体都会有益处。你一个人送货来我们这儿，我再跟着你回浙江。然后我再一个人坐火车回甘肃。就像你刚才说的那样，有夫妻俩常年一起出车的。我可以一路上给你做饭吃，照顾你。"说到这里，晓蕾的脸不由自主地泛起了红晕。"当然，我不会跟车到你们家。在离你们家还有一段路的时候，我就会找一个有火车站的城市下来，自己买个票回家。"她是想打消他的顾虑，她真的很想有这么一段经历。

其实，刘可莘也希望有这么一段有她陪伴的经历，只是不好意思说出口。

"这么说来，你们这些司机挣的真是辛苦钱。"

"是的，是很辛苦。不过，要说起来，只是辛苦也就罢了，有时命搭上也说不定。我这一路过来，就亲眼看到有四起车祸。两个大的，两个小的。"

"大的多半是要出人命了？"

"百分之百！一起是看见有人躺在路边，满地是血。人是一动不动，肯定是没了呼吸。还有一起是人不在车里，据说是送医院了，但我感觉人活不下来。车头都撞扁了，惨不忍睹。"

"这个钱真不好挣。"

"话是这么说，但还是有人愿意跑车。毕竟，在收入上比一般的工薪阶层要高三四倍以上，多的五六倍都不止。现在中国经济正在走高，制造业发展得很快，对公路货运的需求也特别大。我出来之前在跟我的那位老战友闲聊时，他告诉我，现在中国大概有三百多万司机在跑运输。公路货运占到中国整个物流的 75%还多。老战友还告诉我，目前中国的公路总里程大概有百万公里以上，可以绕地球 25 圈。"

"咱国家真是了不起！"晓蕾露出赞叹的神色。

"正是因为公路货运量大，所以，代价也大。说是有统计数据显示，每年的公路车祸是多少万起，车祸死亡人数也是以万来计。"

"怎么会有这么多车祸？这么多人因车祸而丢了性命，也太可怕了吧。"

"说起来也是很无奈的。一部分确实是司机的问题，比如疲劳驾驶，或分心驾驶；一部分则是行人不遵守交通规则。尤其是小县城，小镇甚至更多的是小村庄。那里的行人没有什么安全意识，随意穿行马路，他知道你不敢撞他，有的还故意慢悠悠地过马路。其实，大货车装满了货物或拉了重物，惯性是非常大的。出事故也的确有不可控的因素。”

“那你以后真要小心一点。”

“我一直都比较小心的。没有把开大货作为职业，宁愿少拿一点收入，也是基于这个考虑。总觉得一家人过着安稳日子，平平安安最重要。收入少一点就少一点。”刘可莘说着还摊了摊手。

“我也希望你过一种平平安安的生活，不要一年四季都在路上奔波。但我又特别想让你每年能有一两次机会出车到我们这儿来。”晓蕾说完脸上泛起红晕，她扭过头看着别处。

“其实我这次拉的货就是一个孤立的货单，还真不是固定的合作生意。”

“可是我真希望你常来看我，我知道哪怕是让你一年来一次都是一种奢望，这路途实在是太遥远了。”

两个人说着又站了起来，在草坪上走了一会儿，感觉到天已经黑了，便决定回家。

忽然，晓蕾站住了。

刘可莘奇怪地问道：“怎么不走了？”

“我要你抱我回去。”晓蕾撒娇地说。

“这回又没有崴脚，还抱个啥呀？”

“我就是要你抱！”

"好吧好吧。"刘可莘脸上是一百个不情愿，实则满心欢喜。他张开双臂一下抱起晓蕾，还顺便在她脸上亲了一下。

"可莘，记得以前看到《青年文摘》上的一篇文章，说西方人结婚时，在新郎新娘在教堂或者别的什么特殊景点举行完婚礼后第一次回到新家时，是要新郎抱着新娘进家门的。你想想看，新娘洁白的婚纱长长的拖在地上，真正是衣袂飘飘，宛如乘风。哎呀，想想都浪漫！"

"是挺浪漫的。"刘可莘也笑了。

"你什么时候抱着穿婚纱的我呀？"

"我真不知道什么时候，将来某一天吧。"

他们一路说笑着上了二楼。走到家门口，晓蕾还像上次那样，右手搂着刘可莘的腰，左手掏出钥匙开了门。进得门来，晓蕾下地时，也顺便亲了一下刘可莘得额头。

进了家门，两人脱了外套，脱了鞋，刘可莘刚穿上拖鞋走到门厅中央，晓蕾都顾不得换拖鞋，穿着袜子追过来，一下抱住了刘可莘，一动不动。刘可莘也紧紧地抱住了晓蕾。两人就这么相拥着过了足足有 5 分钟，晓蕾才贴着刘可莘的耳边说："我想就这样和你拥抱着，永不分开，直到我们化成一块石头立在这儿。"

"小宝贝，我也想这样，永不分开！"

第四章　　返回金华

最后一天，是到了刘可莘该回去的时候了。这天一大早，晓蕾就醒了。她看着身旁的刘可莘，发现他也醒了，两只手枕着头，似乎在想什么。晓蕾就把头靠在他的胸膛上，用手摸摸他的胸说："我希望你的胸肌更发达一些，像健美运动员一样。"

"原来当兵时真有，退伍后就再也没有练过。"刘可莘说着抽出一只手，摸摸晓蕾的脸，说道："小宝贝，昨晚咱俩运动时，你叫我什么？"刘可莘一脸坏笑地看着晓蕾，他就想看看晓蕾的窘样。

晓蕾真的是羞得满脸通红，推了他一把。

"你不停地叫我老公！"刘可莘得意地嚷着。

"你就是我的老公！"晓蕾一只手抓着刘可莘的肩膀使劲儿摇着。

"好了好了，是就是吧，我也想当你的老公。哎，老婆，天亮了，快起来做早餐吧，我肚子饿了。"

"好的，老公，我这就起来做！"晓蕾一骨碌爬起来，跳下床来，又转身弯下腰了，亲了一下刘可莘的额头，才走进厨房。

吃过早饭，两人就去了医院。在门诊由护士负责拆线。刚把创口处理完毕，刘可莘就嚷着要走。晓蕾央求他说一起吃过午饭再走，就算是最后一次陪她一起吃饭。他们一商量，吃过中饭，由刘可莘开车送晓蕾到喜东来饭庄，刘可莘再去厂家装货。他们甚至还商量好了，应该是在离喜东来有一定距离的地方就把晓蕾放下，别让老板娘看见他们在一起。

回来的路上，他们先是进了一个小便利店，那里有收费的电话，刘可莘给发货的厂家打了电话，商量好了装货的时间。然后晓蕾又拉着刘可莘进了上次去过的那家超市，买了一些蔬菜，一只宰杀好了的鸡，还买了一大袋子的熟食，差不多够刘可莘在路上当三顿饭了。

回到家里，晓蕾第三次熬上了鸡汤。再洗菜烧菜。期间，一直就是边干活边抹眼泪。

刘可莘插不上手，只好打开电视在假装看电视。他倒是看到了晓蕾时不时地抹眼泪，但又找不出合适的话来安慰她。其实，虽然是他着急要走，可真要离开，他也舍不得。这个女人真的是走进了他的心中。他曾经有过一闪念，能否和她相守一辈子？事后他又觉得这个念头实在不着边际。他眼睛看着电视画面，可脑子里全是她，她一个人以后怎么办？……

"鸡汤来喽……。"晓蕾双手端着鸡汤，从厨房里碎步走出。

"晓蕾……"刘可莘看着眼前这个"我为亲人熬鸡汤"的"英嫂"，一下子眼圈就红了。

晓蕾轻轻地把鸡汤放到桌上，一转身，猛地扑到刘可莘的怀里放声大哭。

"刘可莘，我知道我没有权力留你，你有你的家。可是我真的放不下你。"

"知道知道，我也放不下你。"刘可莘一只手紧紧地抱着晓蕾，一只手不停地摩梭着她的头发。

"我跟儿子他爸都没有这种感觉，竟然会这么喜欢一个人。"

"理解理解。"刘可莘把晓蕾搂得更紧，他本想说："我跟我女儿她妈也没有这种感觉，我竟然会这么喜欢一个人……"但一瞬间又把这句话咽了回去。

"晓蕾，我们开饭吧，真的不能再拖了。跟人家讲好了，下午过去装货。而且我也希望在天黑之前赶到下一个服务区。你也知道，这边的服务区间隔都比较长，这里有个安全问题。"

一说到安全问题，晓蕾立刻不吭声了。跑到厨房里把饭菜全端上了桌。

刘可莘不敢说什么，怕又让晓蕾掉眼泪。只好一声不响地喝完了鸡汤，又快速地往嘴里扒饭。

晓蕾见刘可莘只顾吃饭，没有声响，也不好说什么，只是闷头吃，还不时地往刘可莘的碗里夹菜，可眼泪却止不住地簌簌地落到碗里。吃着吃着，她忽然把碗往桌上一放，筷子往桌上一拍，趴在桌上嘤嘤抽泣。

刘可莘实在看不下去了，两口扒完了自己碗里的饭，放下碗筷，走到晓蕾身边，把她的脑袋紧紧地抱在自己的胸前。

给刘可莘这么一弄，晓蕾再也忍不住了，放声大哭。

哭了有 5 分钟了，刘可莘拍拍晓蕾的脑袋："宝贝，我们走吧。你知道的，下午三点要去装货。"

听到"宝贝"两个字，晓蕾哭得更厉害了。哭了有十分钟，她自己站起来，止住了哭，抹了抹眼泪。她把桌上的碗筷简单地收拾了一下，又把买来的熟食往刘可莘的旅行包里一放，说了声"走！"

他们上了车，一路开到了离喜东来有半里地且没有什么人的地方停下了。

车子没有关发动机，发出嗡嗡的声响。刘可莘看了看晓蕾，意思是：到了，该下车了。

晓蕾坐在副驾驶的位置上一动不动。眼睛看着前方。

两人就这么默默地坐了足足有 5 分钟，还是刘可莘开口了："晓蕾，该下车了。送君千里，终有一别。"

"知道。"说着，她掏出手帕擦眼睛。

"宝贝，保重身体，也许后面还会再来看你！"

"好吧。"

刘可莘知道，她是在极力克制自己。说多了，一下控制不住，又会搞得泪眼婆娑，这可是在外面，让人家见笑。

晓蕾默默地拿着自己的包下了车。

刘可莘挂上档，让车慢慢地往前溜着走。从后视镜里，他看见晓蕾站在那里一只手不停地朝车头挥舞，一只手捂住嘴，她也怕哭出来。

忽然，卡车开出去十来米就停住了。只见刘可莘把车停稳后，也没关发动机就从车上跳了下来。晓蕾一惊，心想，是不是还有话要说。

只见刘可莘快步走来，在晓蕾面前站住了，他盯着晓蕾看了看，从自己的脖子上取下那个翡翠弥勒佛挂在晓蕾的脖子上。又在他额头上亲了一下，转身就朝车头走去。一句话没说，他也怕自己抹眼泪。

而这时晓蕾一声不吭，泪如泉涌。

卡车终于走了。

刘可莘回到家里，家里一切如常。

刚到家时，或许因为老公出了一趟远门，挣的钱又是为了补贴她父亲的住院开销，小学老师破天荒地给了他一个大大的熊抱。刘可莘都不记得上次拥抱是在什么时候。刘可莘也高兴地接住了老婆，真心地使劲儿抱住她。忽然他隐隐地感觉到，今天抱住的女人和前几天抱住的女人给他的体感是不一样的。他自己也很奇怪，说是哪里不一样，他又说不清楚。都是一样的大活人，都是大概 1 米 64 左右，都是女性柔软的身体，他真说不上那儿不一样，但他又真切地感觉到了不一样。一瞬间他想起了她。

"女儿呢？"刘可莘环顾了一下这个小空间。

"想女儿想疯了吧？这才下午两点，除了周末，这个时候不都是在幼儿园呆着吗？哎呀，快把上衣脱了，我看看你的伤口。"

刘可莘顺从地脱下衣服，伸着脖子让她看。

"哎呀，疤口还挺长的。当时一定流了好多血吧？"

"是的，不得已在天水多呆了一个星期。"正是因为这个创口，这个星期，让她不期而遇地走进了自己心中，他这么想。糟了，又是她，他也在心里骂道。

"好吧，你这一路真是辛苦了。一会儿我去接女儿，再顺便买点菜，晚上犒劳你。吃饭时，你再顺便给女儿讲讲你这一路的经历，让她也长长见识。"

都说夫妻吵架是床头吵来床尾和，这话真不假。

刘可莘第二天又上班了，班上，一切如常。

家，班上，还有这个熟悉的城市，一切如常。是啊，才离开了十天左右，能有什么变化呢？但刘可莘总觉得自己看什么东西总有一种异样的感觉。刘可莘知道，是他自己变了，因为他身边多了一个人。这个人，你摸不着，但又处处如影随形，挥之不去。

大概经过两个半月，她在他心中的影响才悄悄地，渐渐地褪去。他倒是希望她能够这样平滑地从他的生活中消失，消失在天边。他也是真心希望回归正常的生活轨道，虽然这边没有任何人知道自己极短暂地出离了生活轨道，或者简称出轨。

那是一个手机还没有普及的年代。虽然有人拿着板砖似的大哥大故意在闹市大声地要对方尽快发货已是早几年的事情了，但即使是在大城市，手机也只是一小部分富裕人家才能够用得起的奢侈品。一是因为手机本身就卖得不便宜，大几千甚至上万的，抵得一般工薪阶层小半年的收入。再就是服务费也高得吓人，月费是一般工薪的月工资的几分之一。那是中国还没有加入 WTO，人们的月收入的大部分要用来维持基本的生活必需。

因此，在缺乏便利的通讯手段，一经离开便音讯全无的年代，她真的就慢慢淡出了他的生活。

说是淡出，可刘可莘平时在傍晚陪老婆出来散步时，总会情不自禁地抬头看着西边的天空。毕竟，想着西边远处事情才会看着那边的天空，因为周围都是建筑，看不远也就想不远。他们家的房子是打头的，他有时也会在一个人的时候，伫立在朝西的窗前，看着天空沉思良久。

又过了半年，刘可莘跟老婆打了个招呼，要把自己的大货车本审验一下，通过审验，以备不时之需。老婆因为上次刘可莘的一次长途能赚些银子，尝到了甜头，也乐意刘可莘这么做。

再后来，刘可莘说想去健身馆买个年票，没事去健健身。说上次就是因为好久没有练肌肉，结果挨了打。老婆一听欣然同意，你有一身健子肉，我不管是带出去还是在家里都是一种享受啊。

刘可莘果然开始了每周一次的健身锻炼，只为当初在床上，她把头靠在他的胸膛上柔柔地说了一句"我希望你的胸肌更发达一些，像健美运动员一样。"

后来又过了几个月，刘可莘专门跑了一趟天谅的公司。说是路过这儿，顺便来看看老战友。在跟老战友海阔天空了一番后，又顺便问起，后面是否还有跑甘肃的业务。老战友说没有，他甚至还从抽屉里拿出了近几个月的运输计划跟刘可莘快速地翻了一下。

"天谅，这事也不是火急火燎。只是上次跑了一趟甘肃，在经济上能够帮家里缓解一下压力。"

"这好办，你要是想挣点外快，我们这里最近有几趟跑深圳和东莞的货。一样是大长途，上千公里。你要愿意，我这就给你安排。"老战友说着，还拿出笔来，准备要在运输计划上加刘可莘的名字。

　　刘可莘一看，慌了神，心里暗暗叫苦。急忙说："最近还不行，单位上走不开。再说，我想去甘肃，是那条线走熟了，而且我比较喜欢那边的那种天苍苍野茫茫的风光。上次去那儿，当地的羊肉杂碎特别好吃，算是特色小吃吧。"

　　"那好，等有了那边的货，我再通知你。只是，你也看到了，近几个月真没有那边的货。"

　　"没有关系，我也是随便问问，不急不急。"说着刘可莘便告辞出来。

第五章　　再去天水

　　大概是过了有大半年，一天中午，老战友一个电话打到了刘可莘的单位，说是下个月有一趟跑甘肃的货运，问刘可莘有兴趣接单吗？老战友还顺便告诉刘可莘，现在他是用新买的手机给他打电话。毕竟，做生意的，有个手机还是方便。老战友心细，知道此刻大家都吃饭去了，就他一个人在办公室。

　　刘可莘心里一阵狂喜，但他又知道不能太喜形于色。于是说道："谢谢老战友还记得这档子事，我可以考虑的。这样吧，我最近一两天去你那里一趟，了解一下具体细节，最后才能敲定此事，去还是不去。"

　　"那是那是。你要过来，随时打我的手机。你拿笔记一下我的手机号码。"

　　那边报了两遍号码，又让刘可莘重复了一遍，便挂了电话。

　　刘可莘把抄下的电话号码放进上衣口袋，又不由自主地看着西边的天空，陷入沉思。他掐指一算，一晃跟晓蕾有一年半没有见面了，也不知道他过得怎么样了。

　　一个半月后，真就上路了。

　　由于有过一趟来回，这次是驾轻就熟。而且，为了促进经济的发展，各地方政府也在做出一些努力，改善物流服务。

服务区规模大了一些，餐饮要丰富一些，住宿条件也好一些，现在淋浴设备已经是标配了。尤其是公路状况也比以前有改善，这一点最重要，毕竟，跑运输，绝大部分时间人和车是在路上。因此，刘可莘这一路还是蛮顺畅的，他依旧开的是上次那辆厢式货车。

就像当初回浙江一样，一路上他满脑子都是她。想起她两手捧着鸡汤的神态，这时耳边又悠悠地响起了"蒙山高，沂水长，……，我为亲人熬鸡汤……"的歌声。这歌声是那么优美，好像唱的就是她。他就要见到她了。他这一年半来，又是大货车本儿审验，又是跟老战友"请缨"，也都是为了再见她一面。

大货车日夜兼程，一路倒也顺利，不像第一次一路上碰上了疙疙瘩瘩的事情。车到了喜东来，刚好是傍晚时分，不像上次，晚上 10 点，接近打烊。

刘可莘怀揣着万分的激动走进餐厅，打量着这个既熟悉又陌生的环境，特地走到上次坐过的那个位子坐了下来，他估计一会儿她就会穿着花格子衣服走出来，朝着他微笑，然后就是万分惊讶的神态，再然后就是激动地流泪，他知道她老爱抹眼泪。虽然此刻正是晚餐时间，但似乎人并不多。大概只有三四桌有人。离自己最近的一张桌子坐着一对小情侣模样的人，边吃边小声地说着情话。"服务员，来一碗面。"

他大声地喊到，希望看到她出来。他甚至有些紧张和期待，他都能感到自己的心跳了。

结果出来一个小姑娘，走到他跟前，从围裙的口袋里掏出一个小本和一支铅笔，问道："要什么样的的面？"

"就要一碗…兰州拉面和一盘酱牛肉吧"

"还要什么喝的吗？"

"暂时不需要了。"

"好的，请稍等。"说着退下去厨房了。

一会儿，小姑娘用托盘端了一碗面和一盘酱牛肉上来。她把面放到桌上，轻轻推到刘可莘的跟前，准备要退下。

"哎，小姑娘，别走，请问你们这里有一个叫林晓蕾的服务员吗？"

"不知道，我来了才三个月。"

"噢，才三个月，大概真不认识。能把你们的老板娘叫过来吗？"

"好的，请稍等。"说着去了后面。

一会儿，老板娘出来了。刘可莘一眼就认出她来了。但老板娘似乎反应慢了些，没有看出他来。问道："请问是你有事找我吗？"

"是的，是我。怎么，老板娘认不出我啦。"

"你是……"

"你还记得吗，大概一年半之前，我来你们这儿吃饭住宿，恰好碰到你们这儿一个服务员叫林晓蕾的，她的孩子得了急病，结果我临时出车去送孩子上医院。"

"哦，记得记得，难怪刚才看你有点眼熟。"老板娘还凑近端详了刘可莘一下。

"那请问林晓蕾现在还在这儿上班吗？"

"唉，别提了。自从那次事情以后，大概在我们这里又工作了有大半年，后来就离开了。"老板娘摇摇头。

"怎么好好的就离开了呢？"

"哪好好的？肚子大了！也不知道是那个坏男人，帮她整个野种。"老板娘一脸的不屑。

刘可莘心里"咯噔"一下，顿时后脊发凉。他不知道是否一定是他的，但有这种可能性，而且可能性还是挺大的。"噢噢噢……"他"噢"了一阵，急忙用筷子挑起一坨面条往嘴里塞，以此掩饰内心的慌乱。吃着吃着，还没有等嘴里的面条嚼碎，似乎又想起了什么，他就一口吞了嘴里的食物，急忙问道："那她去那儿了呢？"

"不知道，她倒是提前了一周半跟我打招呼，只是说后面不来了。我也没怎么挽留，也实在没有办法挽留。腆着个大肚子，不但形象不好，万一要是在这儿磕着碰着了，弄流产了，我怎么赔得起？"

"她就没有给你留个联系方式？"

　　"没有，啥都没有。估计是后面不打算来了呗。其实，如果她不主动离开，我真不会辞她。说实在的，凭她那张脸，还有对客户的温文有礼，真帮我留住了不少客户。还有啊，她做事也是挺麻利的，为人也稳重大方。要说起来，真挑不出她什么大毛病。可这肚子大了，真没法干活了。你也知道，我们这是做服务业的，现在叫窗口行业，从业人员的形象很重要。"

　　老板娘还在絮絮叨叨，可刘可莘却已经听不进她后面说的啥了。这一路奔波近两千公里，就是为了来看她，结果看了个寂寞。最要命的是，现在连个联系方式都没有，找都没处找。

　　吃完了面条，老板娘让小姑娘带刘可莘到客房休息。刘可莘洗了个澡，见天色还早，又下楼出去溜达了半小时，回到房间里看了会儿电视，就上床躺下了。他想起自己这一路上开车时，不时地想象着见了晓蕾时的激动场面，那个极重感情的女人抱着自己泪流不止，让他不知如何安慰她的场面，此时都烟消云散。他甚至还想象到她一定还会给自己熬鸡汤，还一定会执拗地扒下自己的衣服去查看那道伤疤。可如今……

　　整个晚上，刘可莘躺在床上翻来覆去，唉声叹气。有两件事情让刘可莘很是纠结，一是她到底去哪儿了，二是肚子里的孩子是谁的。他决定明天一卸完货就直奔晓蕾家去。只要找到了她，就什么都解决了。躺在床上，他禁不住又把当初开着车带她去接小孩，送医院，尤其是那个晚上和一帮歹徒搏斗，再就是是跟晓蕾在一起生活的那一个星期的点点滴滴又在脑子里像放电影似地过了一遍。其实，他回浙江后，一个人时，有时也会情不自禁地在脑子里播放着和晓蕾在一起生活的那个星期的小片段，但也只是小片段，一会儿就过去了。毕竟，每天有自己的事情要做。如今，这千里奔波，只为再看看她，结果……唉，不管怎么说，他想，她一定是在自己家里，悉心地照料小宝宝。先不管孩子是谁的，只要能够看见她，他就很满意了。他知道这个女人深深地烙在了他心中，他也知道，自己在她心里的地位更重。

刘可莘想着想着，折腾到后半夜才渐渐睡着，就像第一天在晓蕾家那样。

第二天早上，刘可莘睡到自然醒，下来吃了碗混沌，结了帐，拿了行李就出发了。到了厂家，卸了货，就开车来到了清水县城。他先打听到了县医院，然后以医院为出发点，又开着车沿着有些熟悉又有些陌生的路慢慢地往那个小区奔。他感觉晓蕾应该就一定会在她的家，那个给他留下了一生都难以忘怀的一个星期的家。

一路上，多处都在搞基建，盖居民楼。刘可莘虽然走了一些弯路，最后还是找到了那个熟悉的小区。刘可莘想把车停在老地方，结果那里已经被搭起了一个简易的板房，里面开了一个小卖部，卖饮料雪糕和杂货。刘可莘又开着车在里面转了几圈，总算是找了块空地，把车停了下来。他拿起行李，一步一步走向那个熟悉的家。他想到等他敲门时，晓蕾一开门，看见是他，一定会惊讶的合不拢嘴，接着就是流泪，拥抱……

他一步一步走向二楼，自己也感觉到了心在怦怦地跳。等他走到门口，突然怔住了。她的门的外面，又加了一道简易的防盗门，走进一看，上面落满了灰尘。麻烦的是，连个门铃也没有。他起先是拧了拧门把手，拧不动，说明门锁死了。他轻轻地敲了三下铁门，又静静地等了一会儿，没有动静。他又加重敲了三下，依然没有反应。他有了不好的预感，又重重地敲了三下，依旧没有任何反应。他甚至把耳朵贴近防盗门听了一会儿，感觉里面死一般的寂静。他知道，里面真是没有人了。他怔怔地站在那儿，一下子都不知下一步该怎么办，走还是不走，能否等来她。

这时，恰好一位老人牵孙子从外面回来，正往楼上走，看见刘可莘站在那里，随口说了一句："这家没人了，早就不在这里住了。"

"请问大爷，你知道她去哪儿了吗？"

"不知道，肚子大了以后就没住这儿了，应该是回娘家坐月子，养孩子去了吧。"

“请问你知道她娘家在哪儿吗？我是她的一个朋友，特地来看她。”刘可莘怕老人家有什么怀疑，自报家门。

“不知道，我们以前见了面也就是点个头，打个招呼，一般不太打听人家家里的事情。”

“好的，谢谢大爷！”

老人领着孙子上去了，留下刘可莘怔在原地。

好一会儿，刘可莘慢慢地走下楼来。他想，她一定是在她爷爷那里，可是，他只知道她爷爷是在某个乡里，乡名他也忘记了，他甚至觉得他好像从未得知过这个乡名。这从哪儿去找？当初倒是去过他家，但那次是深更半夜，而且是晓蕾一路指引，现在早没印象了。

他慢慢走到自己的车前，在那儿站住了。他环顾四周，环境似乎还有些熟悉。毕竟，当初晓蕾怕他闷得慌，总是拉他下楼出去散步，在这儿走来走去好几回了。而且，现在脚下的这条路，他是抱着她走过的，而且还不止一次。

刘可莘在车前站了有半个小时，怅然若失，才回身上了车。他怕路人会误以为他对这台车有什么企图。

他原本是给自己预留了几天，好好陪陪晓蕾的。他都想好了，跟晓蕾见了面之后，再到上次打过电话的小商店给老战友打个电话，就说是路上着了凉，感冒发烧，怕路上出事，要在旅馆躺两天。然后再延个一两天。现在倒好……

　　但他还是来到了上次的那个小商店，给出货的下家打了个电话，说是今天就可以去他们那里装货了。得到肯定的回答之后，他就开着车直奔下家。

　　现在装货多半都是用叉车，不到 40 分钟就装好了。把后车厢的门关好锁死，再在发货单签了名，刘可莘立刻爬进了驾驶室。他点上火，发动机立刻"嗡嗡嗡"地叫了起来。他挂上前进挡，准备要出发了，忽然又踩住了刹车，陷入了沉思。"我这一趟来，就是奔着晓蕾来的，不管是不是心上人，只想再见见她。结果连个人影都没看见，这来回三千六百公里的路算是白跑了。真是冤！不行，再做一次努力吧。"想到这里，他松开车闸，开着车离开了厂家，又直奔晓蕾住的小区而去。快到小区时，他仔细打量着路上来往的每一位妇女，总希望能碰到她。

　　一直到他把车开进了小区里面，下意识地把车停到了上午停过的地方，也没有见到她。他下了车，又下意识地走上了二楼，来到她家门前。一切照旧，铁门上全是灰尘。他敲了三下，又敲了三下，没有动静。他失望地下楼了。出了门洞，他看见一个老太太。他觉得老太太喜欢打听别家的家长里短，或许会有线索。"大妈您好！请问您知道身边这栋楼的第二个门洞二楼的一个叫林晓蕾的女士吗？"

　　不知是因为耳朵背还是不适应江浙的普通话口音，老太太似乎不明白刘可莘的意思，刘可莘只好稍稍提高了嗓门，又降低了语速重复了一遍。最后老太太说不认识。刘可莘只好作罢。他想，一个六七十岁的老太太和一个三十岁的少妇可能真没有什么共同语言和交集。于是他又开始注意来往的中年妇女，结果，问了两个，也都说不认识。刘可莘这回真泄气了。他又截住一个中年男子，问这附近有哪些乡，那个男子说了三四个，刘可莘感觉好像都没有听说过。刘可莘又在小区里面的一个最开阔的十字路口站了有半个小时，看见别人来去匆匆，他都没有问的意愿。看看天不早了，刘可莘感觉真要启程了，要不然赶到下一个服务区会在深更半夜，吃饭不太方便。于是，他开车出了小区，在附近找了个小饭馆，吃了一盘饺子，匆匆上路了。

当时，只因为通讯不发达，他想见一见心中的她，白跑了几千公里。

他好像记得郭沫若写过一首词，里面有一句是"泥牛入海无消息"别的他都记不住，但就这一句，恰好代表了自己此刻的心情——心里一直挂念的她居然无处寻觅，音信全无。

在回家的路上，他忽然又想起，晓蕾怀孕的那个孩子会不会是……

他觉得事情越想越复杂，但他又无能为力。于是，他就在这种紧张和沮丧中心情回到了家。一路上是怎么回来的，他了无记忆，全无上次回到家时的那种神清气爽。

因为没有任何关于她的消息，渐渐地，她以及那个小孩，淡出了他的脑海。只是在某些特别的场合，比如，在晴朗的傍晚，老婆拉他出去散步，恰逢西边的天空出现了美丽的晚霞，他抬头看着那一抹晚霞时，她会在他的脑海里快速划过，又渐渐地消失，消失在遥远的天边晚霞里。

从那以后，刘可莘再也没有去交管所办理他的大货驾照审验。倒是老婆有时候无心地问他一句："你过些时候也该去交管所审验一下你的大货驾照吧，总怕家里有时急用钱，好歹是个补贴。"

刘可莘只得淡淡地回一句："唉，最近忙，后面再说吧。"

再后来，健身房的月票也停了。不过，在健身房里举杠铃和踩自行车也帮家里挣不了钱，还得搭进月票钱。所以，刘可莘不去，老婆问都懒得问。

日子就这么不咸不淡地过着。

2002 年，中国加入了 WTO，这让中国的经济赶上了全球化的浪潮，加入了世界经济大循环。中国东部沿海地区，经济发展异常迅猛，城市面貌也日新月异。刘可莘一家也是被这一波经济浪潮裹挟着往前走，终日忙着事业，忙着赚钱养家。

第六章　　有了儿子

　　斗转星移，岁月如梭。不知不觉中，从离开晓蕾那一年算起，十二个春秋过去了。刘可莘经过多年的打拼，现在已经升任公司的一个部门经理了。实际上他早就没有开翻斗车拉沙了。这部门经理，一个基本的配置是有了自己的独立的办公室，外加一部办公桌上的有线电话。

　　一天，刘可莘接到老战友的一个电话，说是有一封挂号信，是请浙江金华天谅运输公司的总经理王天谅转给他的。刘可莘问老战友，信是从哪里发出的。老战友说是从甘肃发出的。刘可莘听了心里猛的一惊，急忙对老战友说：恰好我现在在外面办事，一会儿我往你们那弯一趟。说完就挂了电话。他也早就有手机了，而且前后都已经换了两部，这手里的已经是第三部了。另外他还自己买了一辆二手的奥托代步车开着。他本想在街上转个两圈再去老战友那儿，不想让老战友看出他很着急。可是，方向盘不听使唤，他开着车就直奔老战友的公司。到了以后，拿了信，跟老战友说了几句客气话，就说手上还有事，便告辞出来。出来前，老战友还顺便说了一句，这封信也是赶得巧，下周我们就要搬家了。因为现在车多了，要租一个大地方。刘可莘一听，暗叫一声，好险！

　　拿着信，刘可莘一钻进奥托，就把手里的挂号信正反面看了两遍，他看到了发信地址是甘肃天水小红花课外培训中心以及门牌号码，在信封的正面的下方还写了一行小字：如果无人查收，请退回原地。他急切地撕开了信封，把信掏出来，忽然，从折好得信里掉出一个一张小纸片叠成的纸包。他打开纸包，是一小缕细软的头发。他不知道这是什么意思。于是他把信摊开，读了起来。

　　"可莘，你好！我是晓蕾，我们有十二年没有见面了。你还好吗？我不知道这封信能否真的会送到你的手中。

　　当我摊开信纸，提起笔时，我足足沉思了有 10 分钟，因为我实在不知道从哪里说起，从何写起。

　　还是先说说我是怎么找到你的。起因是我爷爷在三个半月之前去世了。他去世之后，我就要把爷爷留下的遗物做一番大的清理。因为他在乡下的房子对我已经没有意义（虽然那里留下过我童年的许多记忆），要低价处理掉。前两周，我只捡了几件有纪念意义的遗物，以及差不多他买的全部的书籍都运到了我的家。因为书太多，家里实在放不下，我要清理掉一些我确信不会再看的书，包括我书架上的和爷爷留下的。在清理我的书架时，我又随手翻阅了那本《林徽因传》，结果从里面掉下了一张名片。我捡起一看，是你们运输公司的总经理的名片。我估计是当初你住在我家时，有一天我送儿子回我爷爷家，你说你一整天都在看这本书，我想你可能是临时从口袋里掏出这张名片当做书签使用了。当看到这张名片时，我真是惊喜万分。因为这至少让我有一点线索可以找到你。

这十二年来，我一直想找到你，但又无能为力，因为我实在没有你的任何线索。我之所以一直想找你，不仅仅是因为我一直没有中断过想念你，更重要的是，我要为一个小男孩找到他的生身父亲。附件是这个小孩的一缕头发。我也是前两年从一本杂志上看到一篇文章，说是可以从一个人的头发里提取 DNA，再和他/她的亲属的 DNA 做比对，以判断出他们之间是否真有血缘关系。我想你们那儿的医疗检测设备肯定比我们这里更先进，应该可以帮助判断现在我身边的这个小男孩跟你是否有血缘。

可莘，你或许有一个疑问，既然我们后面失去了联系，我当初为什么没有把孩子做掉？这事情真是一言难尽。当时在你走后大概四个多月，我就有了妊娠反应。有时候也是吐得气都快接不上。我就赶快跑到医院去，希望把孩子做掉。我的中学同学余静，就是我曾经跟你提到过的那位女诸葛，她是我们这里医院的妇产科医生，给我做了详细的检查。如果不是有这一层关系，我都很有可能被迫要强行把孩子做掉。她仔细检查了我的妇科项目和妊娠情况，告诉我，我的子宫壁比较薄。如果这次要做人流，后面很有可能会造成终身不孕。她这一说，我就非常犹豫了。我后面还有几十年的路要走，如果碰到合适的人（我的要求又不高），我要是跟别人在一起生活，却不能给人家生孩子，等于断了别人的烟火，真对不住人家。而且，人家要是知道你不能生育，根本就不会要你，这事又是瞒不过去的。因此我就决定暂时不做人流。余静让我经常过去检查，她给了我一个可以做人流的最后期限。后来，等到七个半快八个月了，余静还特地带我去做了B超（本来是不让做的），结果看到了是一个男孩。这时，我就坚定了要把他生下来的决心了。我知道你心心念念地就是想要一个儿子。

为了把这个儿子生下来，余静动用她的人脉把我带到很远的一个乡卫生院去生，还给了院长和产科医生塞了两个红包。因为甘肃本身就人烟稀少，一胎政策执行得不是非常严格。因此，你的血骨得以保存下来。当然，孩子生下来也是我的愿望。看着这个孩子成长的每一天，你想象不到我会有多么开心。这也是我在生活非常拮据的状态下依然咬牙拉扯着两个孩子长大的最大动力。

可莘，十二年过去了，我真是对于能否找到你不抱希望了。我甚至有一个精神准备，如果你在看完这封信之后，淡然地把它放进字纸篓，然后当作什么事都没有发生，依旧沿着过去的生活轨道走，我也不会怪你。因为十二年的岁月足以带来环境和心态上的时过境迁。不管怎样，依然感谢你曾经走进我的世界里，让我在一瞬间体会到爱到痛的感觉。我从不后悔我们在一起的短暂岁月，那种让人回味一生的缱绻与激情，情出自愿，不负遇见。

如果我们冥冥之中能够再次相遇，那一定是苍天的再次眷顾。

我的电话号码：0938xxxxxxx，希望有一天会听到你的声音。

始终爱你的晓蕾"

刘可莘刚才是因为得到了晓蕾的音讯而惊喜万分，现在则是知道她身边有一个小男孩而惊喜十万分。他决定先去做DNA比对，等结果出来了，再给晓蕾打电话。

他立刻收起信件，发动车子就往第一医院奔。他的一个中学同学的老婆就在一院的胸外科当护士长，请她带他去检验科就能轻松地把事情搞定。前几个星期同学带家属聚会时还跟她碰过杯。

等到刘可莘走进医院大楼，直奔胸外科时，突然又站住了。不对呀，他忽然反应过来，这事怎么跟同学的老婆开口？这DNA检测，自己就是比对的两方之一，说是给身边自己的孩子做DNA的检测比对，等于是说怀疑这个孩子不是自己亲生的，老婆有出轨嫌疑。如果说是给另外一个孩子做鉴定，等于是承认自己出轨。怎么都不行。他一想，此事不但不能找同学的老婆，还得躲着她。不但要躲着她，最好还要不碰见任何熟人。想到这儿，他又急忙走出大楼，回到车里拿出一顶遮阳帽扣在脑袋上，他还把帽舌压了压，来到检验科。等他挂了号，交了费，他甚至还交了加急费，来到化验室，把小纸包从上衣口袋里掏出交给化验员时，人家随口就问了他一下，为什么要做 DNA 比对，他突然怔住了。他不知道这是一个必走的程序还是化验员随口问的，好在他立刻想出了一个托辞，说是孩子大了，别人说长得一点不像他，他就来做个比对看看，也就是求个放心。他尽量装的若无其事。

化验员也没有再问，用口腔拭子采集了刘可莘的唾液，并填了化验单，再让他第三天来取结果。

在取结果之前，刘可莘知道结果应该证明这个儿子就是自己的，但没有真正拿到结果，他既不想给晓蕾打电话，也打不起精神做什么别的事情。

一到第三天，他借着中午吃饭的机会，赶到了医院检验科，在取结果的窗口拿到了检验报告。转身在窗口旁，他看到检测报告上赫然写着：经过 DNA 测序比对，两份送检样本具有生物学上的血缘关系。

虽然他相信晓蕾说的一定是真的，他对她的人品有着百分之一百的信任，这也是她能够活在他心中的原因之一；虽然一看到一缕头发他就相信这就是自己儿子的头发，但检验报告上得一行冷冰冰甚至有点学术化的文字依然让他在瞬间像受到了电击一般的震撼。他泪眼婆娑，以至于他想再看一眼这一行字时已是模糊不清。他太想有个儿子了，而且在不经意间真的就有了自己的儿子，而且一瞬间这个儿子已经11岁了。人的一生有的时候真是很神奇。

本来，他对晓蕾是绝对的相信的。他和晓蕾虽然只是生活了短短的一个星期，却好像在一起生活了大半辈子一样。晓蕾说，我身边的这个小男孩是你的儿子，他不会有半点怀疑。现在，既然晓蕾把儿子的头发寄过来了，检测一下也无妨。DNA 比对，这可是科学。今天的这个结果可是百分之一百二十的实锤，按人们常说的，叫铁证如山吧。

他一路奔向自己的奥托，钻进车里，抽出两张纸巾擦了擦眼睛，发动车子就直奔电信大楼。在柜台前，他给手机增加了全国通话加漫游服务。以前他总觉得自己反正不做生意，确实没有什么机会跟本市以外的人联系。柜台告诉他，第二天下午一点整就可以开通全国通话服务，24 小时之后即可。

等到从电信大楼出来，刘可莘开始考虑这事要如何跟老婆交代。这实在是一件超级重大的事情，一旦说出，对老婆的负面冲击怎么想都不为过。夫妻俩踏踏实实地在一起生活了十几年了，女儿都上中学了。平时两人说个什么事，还时不时的：咱们都老夫老妻了，还如何如何。两人之间虽然时有小摩擦，但却又没有任何秘密可言。现在倒好，咣当一下，突然凭空蹦出个小伙子，还跟这个家有血缘，这谁受得了？这可不是像舞台上的魔术师那样右手一挥，凭空抓出一瓶酒那么简单。经过极短暂的权衡，他决定暂时还是不跟老婆声张。等后面边观察边找机会。

晚上，刘可莘借口说今天下午头有点疼，一个人跑到书房把折叠沙发打开来，抱了两床被子进去，躺了下来。他知道今天晚上肯定会翻来覆去地折腾，他倒不是怕影响老婆睡觉，他是怕她看出什么异常。他想让自己放松自在地去想那在远方的母子俩。

林晓蕾再一次走到了他的眼前。即使过去了十二年，这个女人也没有从他脑海里完全消失，她只是渐渐淡出。他知道，自己是真的喜欢她。他又在想，这十二年来，他们母子是怎样过来的。孩子有没有遭什么罪？如果有一天跟孩子见了面，他会认自己吗？他长的是什么样的呢？唉，不管怎么说，这究竟是自己的血骨。想到自己这一生，在政府抓一胎政策比抓生产还要紧的大环境下，竟然还能够凭空得一个儿子，他忽然觉得这一生的生命都有了意义。一个人禁不住翘起嘴笑了笑。孩子有 11 岁了，也该把教育培养摆到议事日程上了。他忽然又犯难了，孩子长期放在偏远地方，教育资源肯定贫乏，对他后面的成长极其不利，但如果把他接到自己身边，又该如何跟老婆交代此事呢？他真被这个重要但又不是火急火燎的事情难住了。

　　想着想着，直到天快亮才睡着，就像当年在晓蕾家度过的第一个夜晚。不过，他把手机的闹钟功能置上了，毕竟第二天要上班。

　　第二天下午，一到下午一点，刘可莘关上办公室的门。他把那封挂号信掏出来，拨通了晓蕾的电话。

　　"喂，是晓蕾吗？我是可莘。"

　　"可莘，我知道是你。手机上有你们那边的区号，我知道是你。"晓蕾的声音还是像以前那样，柔柔的，熟悉的声音，熟悉的味道。

　　"晓蕾，我们有十二年没有见面了，你还好吗？"

　　电话那一头沉默了有 10 秒钟，"我挺好的，你呢？"

　　"我还行。但是我感觉到你似乎不是太好。"

　　"没有啊，你怎么会这么想？"那边晓蕾提高了 2.5 度，似乎想证明她真的很好。

　　"刚才我问你过得怎么样的时候，你沉默了一会儿。而且，我也想象得出来，一个人，带着两个孩子，日子一定很艰难。"

　　"还好啦。"电话那头是晓蕾的笑声，轻轻地。

　　"小宝贝，你的声音还没有变。对我来说，这真是最悦耳的音乐。"

　　"你是在哄我开心，就像十二年前的那个星期。"晓蕾的声音忽然有些哽咽。

“可这都是我的真心话呀。对了，我有两件事情要告诉你。”

“哪两件？”

“第一，这么多年来，你一直是我深爱着的人。第二，我做了 DNA 比对，儿子是我们的共同结晶。”

“刘可莘，你这第一句话我等了十二年了。第二句话只对你有意义，对我没用。儿子是我生的，我知道他的父亲是谁。”

“真想现在就飞到你身边，看看你，看看儿子。”

“主要是想看看你儿子吧。”这句玩笑话是晓蕾哽咽着说的。

“请问儿子叫什么名字？”

“刘霄丹。”

“中间那个字怎么写？”

“飞上云霄的霄。”

“多好听的名字，要我起，我都想不出这么好听的名字。”

“也不是我起的，是爷爷给起的。取自‘滕王阁序’里面的‘上出重霄，飞阁流丹’，不过，刘霄丹是只说给你听的名字。儿子在户口本上的名字是林霄丹。”

“为什么？”刘可莘大概猜到了其中的原委，不过还是追问了一句。

"我不想两个儿子两个姓，对他们兄弟情谊没有好处，也让外人对孩子有不好的联想。就为了这个小儿子，我把老大的姓也一并改了。"

"你想的真是周到。晓蕾，快告诉我，你这么多年是怎么走过来的？"

"我只能简单地告诉你，你走了之后不久，我就知道我怀孕了。在喜东来呆了一段时间后就出来了，因为大着肚子，不能耽误人家的生意。我就回到爷爷家，一边照顾大儿子和爷爷。是余静安排我到一个偏远的乡卫生院把孩子生下来的。坐月子也是在爷爷家，由爷爷照顾我。因为在乡里，自给自足，生活费很低，暂时生存没有问题，但不是长久之计。在霄丹长到 1 岁 10 个月了，我就带着两个孩子回到清水，爷爷也来帮我看孩子。我先是在一个家居装修公司做前台，因为上班时间是固定的。虽然收入比餐馆少一些，但餐馆要工作到晚上 10 点以后，甚至有时候是 12 点，真不适合我。后来我就学了做美甲，在一个美甲店干了三年。本来在清水那几年生活还是很平静的，自己有房子，爷爷也跟我在一起，我可以照顾他。后来，有一次，霁明在学校里为一件小事和同学有争执，那个同学说他弟是外面捡来的，让他的自尊心受到极大的伤害，他大哭了一场。我想，后面两个孩子还有很长的路，一定要保护他们的尊严和自信心，就下决心带他们离开这个是非之地。再考虑到孩子们一天天长大，他们的教育也要摆上议程，我就通过网上招聘，应聘到了天水的一家中小学课外培训机构，一直做管理到现在。我在天水租了一个小的公寓楼，爷爷就回乡下去了，因为没有地方住。我的基本情况就是这样。”

“小宝贝，你太不容易了。你看我能帮你什么吗？”

“你什么也帮不了。好了，不说了，我还得工作。”

“好吧，我会常联系你的。”

“我只希望每天都能听到你的声音。”依然是柔柔的声音。

“知道了，我尽量。你干活去吧。再见，宝贝！”

“再见，可莘，常来电话啊。”

“好的，一定。”

刘可莘这边刚挂了电话，不到一分钟，只听见“叮咚”一声，有一个短信提示。他一看，是晓蕾发来的：“对不起，刚才我提了一个过分的要求，让你每天给我打电话。这不好，既影响你的工作，又容易引起她的怀疑，这真的不太好。还是在你方便的时候给我发发短信吧。”

“好的，我会。”刘可莘快速地回复了几个字。

下班后，刘可莘刚坐在奥托里，忽然想起了一件事，就急忙把手机的短信的语音提示功能关掉了。然后，给晓蕾发出了他的第一个短信：“晓蕾，这两天，我总在想，你这十二年，一个人拉扯两个孩子，连个帮手都没有，一定非常辛苦。后面，我会在经济上多接济你，算是一个小的补偿吧。这样我心里好过一些。"

一会儿，晓蕾的回复蹦了出来："不要这么说。爱过无悔，情义无价。至于经济补偿，我不指望。毕竟儿子是我们共同的基因传承，也常常给我带来了莫大的快乐！"

"我一定要给的，不然于心不安。"

"如果你能够少量地接济，对儿子的教育肯定有帮助。现在我们这边也慢慢跟东部沿海在学，都讲究课外辅导。他上数学课倒是不花钱，就在我这个课外培训机构。但钢琴和绘画就要花钱了，而且收费还挺高的。不过，务必不要影响你们的生活，尤其不要让她知道。切记切记。"

"我会妥善处理此事，你不用担心。"

"还有，我前面说让你常给我发短信，你也不要这么做，不要发得太勤了。要不然总会弄出事情的。"

"好吧。"

"以后，我们的短信交流，每次完了之后就全部删除，不要在后面惹出事来。"

"好吧。"

"好了，不跟你说了，我得接儿子去。"

"好的好的，保重。"一听到晓蕾说接儿子，刘可莘忙不迭地"好的好的"就结束了短信交流。

虽然刘可莘答应了晓蕾，每次通信过后都删除信息，但他对晓蕾发来的所有信息从未删除过一个字。两人的短信交流，他常会隔一段时间就往上翻好几次的，反复阅读，百感交集。

从这以后，刘可莘隔三岔五地，总会在下班以后给晓蕾发信问问儿子的情况，也给晓蕾汇过两次小额的款。那时，智能手机在国外才刚兴起，在国内还不普及。刘可莘要晓蕾和儿子的照片，并把自己的电子邮箱用手机短信的方式发给了晓蕾。拿到邮箱地址的当天，她就给刘可莘发了 8 张儿子的照片，各个时期的。刘可莘看了孩子最近的照片之后当时就惊讶地说不出话来。虽说自己的童年照是黑白照，而儿子的照片是彩照，但把两个童年的照片放在一起，真有八分相似，尤其是脸型。他把这些照片藏在一个子目录里，给这个子目录取了一个名字叫"结晶"，并把它藏在别的子目录里。由于过于关注儿子的照片，他竟忘了这八张照片里没有一张是晓蕾的。

一天，在晓蕾收到刘可莘汇过来的第三笔 200 元的款后，主动给刘可莘发了一条短信："收到 200 元，谢谢！我想了想，请你以后还是不要给我汇款了。一涉及到钱的问题，主妇们都会很敏感。我不希望你们家因此出现矛盾。你在你方便的时候给我发发短信，我已足矣。"

刘可莘立即回复："这边的事情你不用管，我尽量小心。"

"即使是短信，如果没有事情，你也不用发。我收回前些时候让你天天给我发短信的请求。一条一毛钱，我们一次对话下来，也得要个两三块钱。时间长了，既是经济负担，也会给你惹出事来。"

刘可莘感觉到，才没几天，晓蕾已是多次在给自己发出请求时表现出反复。开始是希望天天给她打电话，然后又不让这样；接着是希望有一些经济帮助，然后又不要了；再后来是希望经常发短信，现在又不要了。她是时时刻刻从对方出发。他似乎觉得当初在她家时，只知道她会细心地照顾人，但没有想到她是如此地处处为对方着想。这何止是一个心细。他便写道："你不要总是考虑我。我好歹有个家。你一个人，更不容易。"

"没有办法，一个满眼都是你的人，很想为你做很多，可是什么也做不了。能和你相遇相知已是天赐，概率也许是亿分之一吧，所以我视之如命。我甚至都不知道我是不是你的唯一，这对我已不重要，我只知道你是我的全部。"

"小宝贝，我要告诉你，我也满心是你，再无其他。"

"谢谢！也许你不知道，十二年前，自从你离开了我，我走在外面的时候，常常会情不自禁地抬头看着东边的天空。尤其是傍晚，我牵着两个儿子在外面散步，西沉的夕阳照射到东边的云朵，把天空涂抹的金碧辉煌。我总在想：此刻他在干嘛呢？他看得见这美丽的彩霞吗？"

"小宝贝，你不知道，我也会时常回望西边的天空，也常在想那个人她现在在干嘛呢？"

"其实，我一直都说不上来我为什么会那么长久地思念一个人，我只知道，每次想你的时候，心里都会涌起一种难言的甜美。人活一辈子，有一个千里之外的人让你情不自禁地总去思念去惦记，你自己就会感觉到浓浓的幸福。人有生老三千疾，唯有相思不可医。"

"小宝贝，谢谢你一直把我放在心里。"

"好了，不跟你聊了，我得去接孩子。"

"好吧，快去吧。代我亲亲儿子。"

"好的，对了，我还有一个请求。"

"请讲，小宝贝的请求我一定满足。"

"从今以后，我希望你对她好一点。"

"为什么？"

"我觉得我对不住她，我有一种愧疚感。是我夺了她的爱，她是无辜的。"

"这不关你的事。"

"你对她好，她自然会对你好，人心换人心。你们要过得和睦，我也会很开心，至少会降低负罪感。我常在问自己是不是很自私，可我在别的事情上不是这样的啊。"

　　"你是我见过的少有的心地善良的人，这也是我深爱你的原因之一。"

　　"好了，不说了，我得赶快走。再见！"

　　"再见，小宝贝！"

第七章　"不希望你来看我！"

也许是人步入中年，经过生活的历练，性格会渐渐变得沉稳。老婆和刘可莘的确为些鸡毛蒜皮的事情吵架的情况少多了，尤其是说话的嗓门也不是那么大了。两口子过日子，哪里会没有磕磕碰碰的时候呢，但老婆被岁月推着走，已然是个中年妇女，有些东西也在变。现在，除非碰到大的事情，一般的小事不再跟他急了。或许是刘可莘真把晓蕾的话听进去了，"要对她好一点"。前两天，老婆的生日，刘可莘忽然提议说要一家人去一家高档餐厅，隆重庆祝一番。以前，老婆的生日，刘可莘也会有所表示，但无非就是从糕点铺订个生日蛋糕，再到附近的餐馆点四五个外卖的菜。当然有时他也会装模作样地自己下厨做几个菜。这回，刘可莘说去一家高档餐厅，搞得老婆都有点受宠若惊。于是，生日这天，一家三口坐进了小奥托，直奔"凤凰大酒家"。

在车里，刘可莘边开车边微笑着说："咱家现在的经济条件逐渐向好，因此才有实力带老婆来高档场所摆谱。我甚至打算在后面，如有可能，再找些机会，跑跑长途，挣一点是一点，再把家里的钱袋子充实一下。"

老婆一听，笑逐颜开。

到了酒店停车场，把车停好，一家三口鱼贯而入。酒店大厅富丽堂皇。

"这可真是高消费的地方，感觉就是不一样。以后你和女儿的生日就来这儿。咱作为普通人家，肯定做不到夜夜笙歌，但你和女儿最重要的一年一次还是可以硬着头皮来这儿消费一次的，就当作是打肿脸充胖子吧。"

"老公，你真好！"老婆已经有些感动了，中年妇女的声音也开始娇嗔。

此刻，一家人站在大厅里等待前台小姐安排桌子。

刘可莘继续说道："从今以后，我的生日彻底取消宴请。你给我煮碗面条加两个鸡蛋打发了。如果你要觉得太寒酸过意不去，就再买个小的生日蛋糕外加一包蜡烛。"

老婆实在忍不住了，无言以对，一把抱过刘可莘的脑袋，在油腻的额头上使劲儿亲了一下。感动至极，她已不在乎大庭广众。

落座后，刘可莘继续慷慨激昂，趁热打铁："我想趁现在还没有老到干不动了，再吃点苦，多挣一些，帮女儿将来上大学打个好的经济基础。"

"老公终于开了窍，难得难得！我以前早就说过，没事的时候你也得琢磨着挣点外快，可你一直按兵不动。"

"是的是的，是我的观念出了偏差，我要承担主体责任。"刘可莘低头承认了错误，及时而且诚恳。

"认识到错误就好，还来得及。"老婆语调柔和，显得慷慨大度。

“再说了，女儿一天天长大了，再有两年半就要参加高考了。有些事情真的要摆上议事日程。过些时候，我准备到交管所办理 B 驾照的换证，前两年车本就过期了。等拿到新的车本儿，再尽快跟天谅联系，争取一年跑个一两趟长途，”

“可以的，家里全力支持！”老婆再一次笑逐颜开，“啪啪啪”三下，一个人拍起了巴掌。

“老婆，今后让你和女儿过好日子是我最大的政治任务！”

“老公——你真好——爱死你了！”老婆一激动，噌地一下站起来，绕着圆餐桌跑了小半圈，又抱着刘可莘的脑袋在额头上使劲儿啄了一下，还故意弄出“吧唧”一下。唉，没办法，中年女人真要撒起娇了，有时也挺肉麻的。

于是，刘可莘决定在最近一两周跑一趟交管所，办理换证，根据规定，他还得重考一个科目。等车本更新了，再去找老战友要跑西北长途的货单。他觉得这两方面都不是个事儿，主要是老婆这边表态了“家里全力支持！”，这就好办了。说是家里全力支持，其实就是她一张嘴。她的玉口一开，这事就没跑了。

忽然有一天，刘可莘又对老婆说：“后面我恐怕还要恢复锻炼，参加健身。没有好的身体，长途很难跑下来。”

老婆二话没说，一口同意。

　　第二天下班后，刘可莘呆在办公室里，主动给晓蕾发了信，虽然她让他发短信不要太频繁。但他觉得这是一件不大不小的事，而且极具正面意义。他甚至觉得一旦晓蕾得知他要再次重返甘肃，一定会惊喜万分。他于是决定给她打电话。但一想，不知她在哪里，是否方便接电话，便先发了一条信息："小宝贝，方便接电话吗？"

　　大概是过了五分钟，才有回信："方便的，刚从超市买菜回来。"

　　刘可莘立刻拨通了晓蕾的手机："喂，小宝贝，告诉你一个好消息，我可能会在近期往你那儿跑一趟，我要去看你！"

　　又是足足过了 20 秒，才传来晓蕾的声音："可莘，你还是别过来吧。"

　　"什么什么，你说什么？自从得到你的音讯，我都恨不得第二天就飞到你的身边。这几天，我们好不容易恢复了联系，你也一直很高兴啊。怎么突然又变了呢？你是不是那边有人了？"大概是真急了，刘可莘说话语速极快。其实他坚信她是一个人，他只是想刺激她，因为他很想过去看她，哪怕不远两千里。

　　反倒是晓蕾的声音不急不徐，平缓镇静："刘可莘，我现在依旧是一个人带着两个孩子。我们有十二年没有见面了。十二年对每一个人的改变都是很大的。我已经不是当年你看到的晓蕾了，我怕你一来看到的是一个面容憔悴甚至过早衰老的中年妇女，而不是当年你看到的那个风韵尚存的少妇，你会感到非常失望的，甚至后悔千里迢迢跑来一趟。"

"我不会的，小宝贝，我不是那种人。你哪怕是变成了一个丑老太婆，我都会深爱着你。"刘可莘扯着嗓子一字一顿地说。

"不，不是那样的。爱美之心，人之天性。如果你不再爱一个丑老太婆了，我一点都不怪你。只是，你真的过来了，见了我的第一面以后，你那种大失所望的神情会要了我的命！"

刘可莘清楚地听到了晓蕾的哽咽。他也一时不知道怎么安慰她。

晓蕾接着说："这就是为什么你让我给你发我和儿子的照片，可是我只发了儿子照片的原因。"

"是的哟，你不说我还真忘了此事。"

电话里突然静下来了。这时，电话那头传来了小孩的声音："妈妈，我肚子饿了，快做吃的吧……。""好好好，妈妈就来。"电话那头的声音弱弱的，是她跟儿子在对话。

"可莘，我得给两个小家伙做饭了。后面我们短信联系吧。"

"好的，快去吧，短信联系。"刘可莘主动挂了电话。

晚上，吃过晚饭，像往常一样的，女儿去书房里做作业，刘可莘夫妻俩在客厅里看起电视。差不多 10 点半钟，刘可莘说今晚要加个班，有个报告明天要交差。所以，今晚还要在书房过夜。刘可莘的这套房子是个小三居，的确是 6 个钱包换来的。好在是个 4 线城市，要是在一线，恐怕连个厕所都买不下来。说是小三居，其实就是个 2.5 居。最大的主卧也就是放个床外加一个立柜就占据了 80%的面积。窄的地方夫妻俩对面走过都得侧着身。女儿的房间也小，放了一张床外加一张小书桌就基本只剩下走路的地方了。小书桌放了电脑就没法用来读书写字，而电脑又是学生的必备。于是夫妻俩就把第三个房间放上一张大的书桌，再摆上两个书架，上面把两个人半辈子得书都堆上去了，也主要是老婆的各种教材教法之类的书籍。后来，刘可莘从天水回来后，也会时不时地买些公认的好作品回来看看。所有这些书也仅占了书架的三分之二。除了书桌书架，就只能放得下一个可折叠的沙发了。沙发抽出来就是一张床，以备不时之需。当初，刘可莘把这间房叫书房，老婆还嘲笑："咱就是个普通人家，还整得跟高知家庭似的。书房里也没什么学术著作，叫书房不嫌寒碜？"刘可莘讪笑着说："也就是个叫法，总不能说是孩子的作业室吧。"前不久，刘可莘拿到 DNA 检测报告的当晚，是他第一次把这个书房当睡房。

等到过了晚上十一点，孩子回房睡觉了。刘可莘督促老婆早点休息，见她洗洗上了床，关了灯，他才以最快的速度洗了个澡，进了书房，锁死。躺进被窝，打开了手机。

他先发了消息："小宝贝，睡了吗？"

立刻有了回复："没有，睡不着。"

"不舒服？"

"不是，是你今天把我吓着了。"

"我还以为我去看你会让你感到高兴，甚至想象你会感到十二分的惊喜。十二年前的那一个星期，我们曾经相互拥有，我一生都难以忘怀。"

"正是因为这样，我才不想让你过来。因为我们的相互拥有是在十二年前，你难以忘怀的是当年的我。我不希望最终你带着失望驾车离开。如果是那样，你，我，什么都没有了。"

"不会的，你要相信我。"

"我更相信人的天性。记得很久以前当我还是一个少女的时候，在《读者》杂志上读到一篇文章，好像是发生在日本的古代的事情。说是一对恋人，姑娘很美。他们有短暂的分开。后来，因为一个不幸的事件姑娘被毁容了。因此姑娘不想见她的男朋友，怕他看见了会伤心，也会失望。结果她的男朋友为了和她相见，也为了在心中永远保留姑娘的美丽，硬是把自己的双眼刺瞎了。我当时感动得哭了一整晚。我爷爷慌张地问我哭什么，我不好意思说真相，就撒谎说我的一个同班的好朋友要随父母搬到兰州去，再也不回来了。爷爷说：'傻孩子，人活一辈子，聚散都是常有的事情，要不然怎么说天下没有不散的宴席。'不管怎样，当时我就是感动的死去活来。当然这只是一个的故事，我可没有说要你弄瞎双眼哟。"刘可莘当然知道她是在调侃。

上面这段话是分成好几个片段发出去的。

"我知道你的意思，我要告诉你，你今天就是变成了一个丑八怪，你依旧是我最深沉的爱。"

"可莘，这两天，只要有空，我会一遍一遍地翻看《林徽因传》，一是因为书上留有你的手印，拿起它就会想到你。还有一个原因是，她的一些诗，一些话，我觉得几乎就是为我而写的，百分之百地代表了我这么多年的心情和心境。林徽因说过这样一句话，一段迟到的爱，一份晚来的情，不是所有人都能遇到，这是靠上天赐的缘分，若无相欠，怎会相见。这是前世的夫妻，今生的知己。林徽因就是在说我呀。"

"说得太好了，这也百分之百是我的心里话啊，我们就是前世的夫妻，今生的知己，刻骨铭心的知己。"

"她还说：你迟到了很多年，可我依然为你的到来而高兴，能给你的东西实在不多，一场相遇，一生铭记，不负遇见，不谈亏欠，十里春风不及相遇有你，晴空万里不及心里有你。"

"晓蕾，这句句都在说你说我呢。"

"可莘，我们相遇的地点，机缘都是小概率事件，但却是正向的，唯有时间错配。下一辈子我一定会在人生的路口早早地出来等你。"

"我也会在人生的每一个路口寻找你。"

"也许你不知道，12年前的那个星期，几乎是我生命中最深处的收藏。那7天就是我的一生！"

"小宝贝，我要告诉你，如果遇上对的人，三天足矣。三天便是一生！"

一会儿，晓蕾又发了一条消息过来："时间不早了，你也早点休息吧。明天我还要早起，给儿子做饭。明天他们学校有个活动，要提前到校。不管怎样，你还是别来了，我真的老了。"

"好吧好吧，你早点休息。不管怎样，我都想去看看你。你不欢迎我，我去看看儿子总可以吧。"

"这事后面再说吧。"

"好的，再见，晚安！"

"晚安！"

刘可莘放下手机，两只手枕着头陷入了沉思。他真没有想到晓蕾对他们再一次重逢居然会是这种态度，怪怪的。想当初，他们的不期而遇，那一个星期，对双方都刻骨铭心。

"怎么好好的就不想见我了呢？人变老了，那是自然规律呀，说起来现在我也老了不少呀。"想到这里，刘可莘下意识地摸了摸自己额头和眼角的皱纹，哎呦，也不少，真是不摸不知道，一摸吓一跳。

就这个疙瘩又整得他大半夜没睡。最后他还是决定不管晓蕾同不同意，他都要跑一趟。不为她，为了看儿子一眼也值得。他打算就在这两天再去找一趟老战友，先得拿到跑甘肃的货单，别的都好说。等从老战友那回来再跟她联系。想着想着，直到后半夜才入睡。

刘可莘知道，真要去甘肃，不是说随便接一个跑西北长途单就行，他希望送货目的地或者是回程的发货地点，至少有一家是要靠近天水，这个要求就变得有些苛刻了。他觉得电话里讲不清楚，无论如何要跟老战友当面谈谈。他就先给老战友打了个电话，说是公司乔迁之喜，要去祝贺一下。后来隔了三四天才有了个大块时间，他买了一箱水果，用奥托拉了过去。

老战友的新地方，确实比以前气派多了。办公室整得很像人家写字楼那样，宽敞明亮，干净整洁。几个客服每人都有自己的小格子间，都在忙着打电话或处理货单。在一个角落里，还摆了一台咖啡机和一叠纸杯，像模像样的。总经理办公室也是用大磨砂玻璃跟工作大厅隔着。

　　其实他刚进来的时候，已经通过玻璃窗看见后院的停车场有 10 个停车位。所以，一进门就朝老战友喊了一嗓子："天谅，你真行欸，这可是鸟枪换炮，今非昔比哟。"

　　落座后，刘可莘和老战友寒暄了几句，便问起公司最近还有没有去甘肃那边的货单。老战友问他，是不是跟上次的挂号信有关。刘可莘只好说是，因为地址的事情很难瞒过去。他顺便告诉老战友，那是个远房亲戚，文革之前支援大三线到了西北，他的一个后代辗转到了甘肃天水地区。多年没有联系，受父辈的委托，去看看这个三代以内的亲戚，以了却父母的一桩心事。刘可莘跟人家要去西北的活，总得找个合适的理由。这是他来之前绞尽脑汁构思出来的一个说得过去的说法。这个说法本身自洽，可令刘可莘想不到的是老战友把手一摊，说是在看得见的未来，公司实在没有去西北的机会。

　　老战友给刘可莘到了一杯茶，跟他讲起了当前的大好形势。自从中国加入了 WTO，东南沿海是最先发展起来的地区。这里有大型国际集装箱港口，有良好的营商环境，有廉价的劳动力，也就是吃苦耐劳又急于脱贫发财的老百姓，因此这几年公司完全集中在上海洋浦港大型集装箱货运码头和江浙一带的中小型民营企业之间运货。最远的也就是跑东莞和深圳，因为中国的东南沿海的广大地区在原材料的采购，到生产再到销售或出口，完全可以形成一个闭环。因此在最近这一两年，根本没有机会去大西北。老战友说，现在即使在平时车队都在满负荷运转，到了圣诞节之前，货运单根本接不过来。当然，老战友也不好扫他的兴，就撂下了活话，说如果西北地区有这种货单，他一定把它接下来让他跑。

从老战友那里出来，刘可莘一直以为老战友的货运这一块最不是问题，只是时间早晚，结果偏偏是这边出了大问题。刘可莘甚至一度想打着出去旅游的幌子去天水看看晓蕾母子，但仔细一想还是不妥。那个时候，中国人还没有富到可以随心所欲地到任何地方旅游。就算出去旅游，也是到那些有名的景点，而江浙一带有名的景点多了去了，又离家近。如果你非要说自己一个人去甘肃旅游，没有人不觉得里面一定有一个大大的蹊跷。起码这个小学老师一定会发怒："张家界你不去，九寨沟你不去，偏偏要去天水，你想干什么？"所以，思前想后，等到有那边的货源，以送货的名义去天水几乎是他唯一可以去看望晓蕾母子的途径。

下午一下班，刘可莘在办公室里急忙给晓蕾发了个短信："小宝贝，你还不想让我过去，结果我去老战友那里要去西北的货运单子，人家根本就没有跑甘肃的机会。"

晓蕾很快就回复了："那你就老老实实在金华呆着，跟她好好过日子，把女儿培养好。"

"那我很想去看儿子怎么办？"刘可莘这回改变了打法。

“我常给你寄他的照片吧。”

“我也要你的。”

“没有。”

“我只要看看你现在的状态，没有别的意思。”

“就是没有。”

“下次方便就给我照一张发过来吧。恳求你了。”刘可莘真的在语气里添加了恳求的成分。

“以后再说。”

说完，两个人都下了线。

刘可莘下了办公楼，钻进了奥托，他掏出钥匙插进钥匙孔，刚要拧动，忽然又在纠结：晓蕾怎么那么在乎她的形象呢？这时，他索性不启动了，因为他想起了一件事。记得当时在晓蕾家里，刘可莘让晓蕾把她的相册拿出来让他欣赏，晓蕾果然跑到卧室的柜子里翻出了一本相册。两个人紧挨着坐在长沙发上一页一页地翻看着，边听她讲里面的人和事。其中有一张照片，大概是拍摄的角度不对或是用光没有掌握好，里面的晓蕾就不像其它的照片里面的她那样光彩照人，晓蕾当即就把它抽出，趁刘可莘还没有反应过来就当着他的面迅速地撕毁了。想到这里，刘可莘叹了口气："唉，她就是这样的人。"于是，发动了奥托，回家了。

第八章　情之纠结

日子就这么不紧不慢地过着，好歹和晓蕾恢复了联系，又凭空得了个儿子，刘可莘觉得生命忽然有了全新的意义。人逢喜事精神爽，连单位的同事都说他是精气神都变了。反倒是老婆，依旧大大咧咧，毫无察觉。

晓蕾倒是每个月发个几张儿子的近照，有时还附上说明，说明是在哪儿拍的，当时是个什么状态等。但从来没有一张她自己的照片，任凭刘可莘怎么央求，晓蕾就是不发，她坚持说自己不喜欢照相。

这是真的。林晓蕾天生丽质，她对自己的容貌其实极为在意，只是从不表露。但你再怎么十八的姑娘一朵花，你哪怕是花中之王牡丹，又哪里经得起岁月的摧残？要不然人们怎么老说岁月是把杀猪刀？有一次她去参加几个老同学的聚会，就是屋里照片上的那几个人，那个去福建做出口贸易的同学回来看父母，几个姐妹肯定是要聚的。出门前临时照了照镜子，捋了捋头发，忽然看到那双大眼睛的两边居然也生出了浅浅的皱纹，登时心头一紧，她分明感到了青春不再，顿时心生悲凉。而那还是几年前的事情，现在她怎么会去不停地拍一脸沧桑的照片，去送给她心里的那个他？

或许是因为她忙，或许是害怕通信太频繁了会给刘可莘惹出麻烦，现在基本上是刘可莘不主动给晓蕾发信，她也绝不会给他发。好在已经建立了联系，他知道她的近况，她也知道他的存在，彼此都很踏实。后来，因为房地产的高速发展带动的城市发展，市政建设也在高速发展。刘可莘作为部门经理在公司也是终日繁忙，没日没夜。辛苦是辛苦，但效益也上去了。这不，那辆二手小奥托一步到位换成了黑色大奔 E-Class，而且是崭新的，开出去相当拉风。

因为工作的确繁忙，事儿多了，无暇它顾，给晓蕾的信就少了。而晓蕾不但回复更少，就连儿子的照片都渐渐的发得少了。后来，刘可莘忍不住就发短信问晓蕾："小宝贝，怎么儿子的照片渐渐地不怎么发了？"

晓蕾回复道："以前是因为你从未见过儿子，所以发得比较多，现在，每个月有一两张应该够了吧？人的容貌别说是几个月，就是大半年也不会有什么变化啊。"

"好吧，你看着办吧。"

说话间，花开花落，寒来暑往，不知不觉中他们恢复联系也有一年半了。这一年半里，刘可莘倒是跑了几趟货运去东莞和深圳。其实，随着市政工程的大发展，无论是单位还是个人，经济效益都还是不错的，尤其自己是作为部门经理，何至于要用跑运输来赚那点微不足道的外快？这里，刘可莘是有他自己的深意的。一是为了保持技术熟练度，因为现在当了经理，握方向盘的时间少了。二是通过跑长途，他才有可能攒到稍多一些的活钱而不被发现。他觉得在跑长途的过程中，自己在吃和住宿方面省着点，在给老婆交账时少报一点，一来一回可以攒下个千儿八百的，再一并给晓蕾汇过去。其实，平时除了跑长途，他也会想着法子攒下一些，一百五或一百八，但很少超过二百，再给晓蕾汇过去。他也知道，一个月一百几十，也确实不够一个孩子的开销。但是多了，他也怕露馅儿。他打定主意，在自己还没有找到跟老婆挑明此事的最佳方案之前，一定不能暴露此事。否则，凭她那个暴脾气，还不把这个家砸个稀巴烂？

虽说老婆是个暴脾气，却也在家里遇到大麻烦，大危机的时候表现出了非凡的担当。

那也是三年半前的事情。先是自己的母亲在过了元宵节后不几天，因为老是便血，结果被查出是结肠癌。于是，立即安排住院治疗。治疗的基本方案是手术外加化疗。因为是母亲住院，病人的照看和护理由老婆这个当儿媳来承担是一个不二的选择，是没办法的办法。这边母亲做完手术后，还在化疗期，正是护理任务最要劲儿的时候，她自己的父亲又因为在公园晨练时，在免费使用的健身器械上摔了一跤，把个小腿摔骨折了。医院说是人老了，骨质疏松，要在医院住一个星期。因为是骨科医院，老婆只能是下了班就两家医院来回跑，经常是忙到深更半夜才回来。

等她父亲一周后从医院出来，还带着石膏和夹板回家静养时，学校里的一位毕业班的班主任又因为要生小孩修产假，结果把她给顶上去了。学校还说是对她的信任。老婆觉得班主任的津贴是一笔可观的收入，管孩子对她是小菜，虽然婆婆还没有出院，她还是答应下来了。也幸好她接了这个班主任的位置，这不，自己的堂弟又因为跟老婆闹离婚，为分割财产的事情闹上了法庭。原本是他老婆出轨在先，因为他老婆怕事情败露而净身出户，就跟她的出轨对象合谋设了个局。结果弄得堂弟不但拿不到应得的财产，弄得不好还要自己净身出户。于是，又是老婆利用自己班主任的有利位置，找到了本班一个做律师的家长，全力以赴地帮他分析案情，内外调查，最终把案子翻了过来。这一连串的事情，如果不是老婆临危不惧，勇于承担，哪一件放到刘可莘身上他都整不过来。

一个家就是这样，每一个个体都有缺陷，但一旦这些有缺陷的个体如果能结合成一个有机的整体，这个整体会显示出一种完美。

在刘可莘这一家人其乐融融地过着平静而又有节奏的生活的过程中，女儿也一天天长大。再过两年就要参加高考了，真快。

有一天，刘可莘忽然收到晓蕾的短信："在没有人的时候看看你的电子邮箱吧。"

刘可莘知道，晓蕾发这条信息一定是邮件不同往常，而且她说在没人的时候看就一定应该这么做。他知道她说的话都是有道理的。于是，赶紧把手上的事情匆匆处理完毕，然后把经理室的门反锁。迅速地点开了自己的邮箱，再点击邮件，再点击附件，一张晓蕾和儿子的上半身合照赫然跳出。刘可莘这回顾不上看儿子了，凝视着晓蕾的头像许久。啊，我的晓蕾真的显老了。跟十四年前我看见的样子真有太大的变化了。照片里，晓蕾还戴着一对绿色爱心流苏耳环并吊着十字架耳坠，上身穿着欧莎法式 v 领飘带雪纺衫。与 12 年前不同的是，她的胸前还挂着他临走前给她的翡翠弥勒佛。一瞬间，大颗大颗的眼泪从这个男人的脸上流下来。他急忙抽出两张纸巾把眼泪擦干，回过头来读邮件的文本内容。

"亲爱的可莘，明天是你的生日，估计你明天会有些活动，至少有个家宴，所以祝你生日快乐的邮件只好今天就发了。我和儿子祝你生日开心快乐吧。"

你以前老是催我发我的照片给你，这次给你发了。如果不是明天这个特殊的日子，我依旧不会把我的照片给你。因为没有别的礼物给你，只好发个照片了。看过我的照片，不用说，以前我不让你过来，也不给你我的照片，所有的解释都在照片里。需要说明的是，以前不管是见什么人或是朋友聚会，我都是捋捋头发就出去了。这次为了这张照片，大概花了我 25 分钟来收拾自己这张脸。我甚至还描了淡淡的眉，这在以前从未有过，眉笔都是新买的。这大概就是女为悦己者容吧，我实在不想让你看到我的老相。"

"在过去的十四年里，我有时活得很艰难的时候，真想带上儿子，买两张火车票就去找你。把你从你们家拽出来，我们一家开始新的生活。我特别向往你当年给我讲的你们司机的一种生存方式。一个司机，也不加入运输公司，自己跑个体运输。我们可以贷款买一辆大货，你开车，我就坐在你旁边。不管是到天涯海角还是雪域高原，我都会陪伴着你。给你做饭洗衣，帮你处理往来货物。我们一路看风景，一路听音乐。一年里我们用半年跑运输挣钱，半年陪着孩子成长。这该有多好！可是这千千万万个司机都能做到的稀松平常的事情，怎么到了我这里就成了永无可能的奢望？"

看到这里，刘可莘再也忍不住了，一个男子汉居然坐在那里失声痛哭。

他把和晓蕾的邂逅、交往，一直到现在两方的处境反复掂量了一遍，觉得不能再让晓蕾等下去了。虽然人家从未逼婚，甚至连试探着问他两人是否有结合的可能的事情都不曾提过，只是知道一直深深爱着他，深情地等待他，默默地抚养着他们的孩子。就像她自己引用林徽因的话，情出自愿，不谈亏欠。但是自己应该对人负责。晓蕾现在已经是到了还能够再嫁一个稍好一点的人家的最后时限了。再拖真的就要孤独终老了。唉，这么好的一个女人，这么痴情的女人，世间真是百年一遇。可是，眼前的枕边人又该如何处理呢？枕边人不松口，又如何去跟晓蕾交代呢？现在情况就僵在这里，他陷入了难以自拔的"死亡螺旋"，万分纠结。

从这以后，刘可莘似乎觉得，是不是应该换一个思路，不要等到老婆查出他和晓蕾的事，自己应该找一个合适的时间，合适的地点，跟他心平气和地坦白过去发生的一切，然后自己净身出户。用全部的财产换得一个自由之身，然后真就像晓蕾说的，贷款买一台大货，跟晓蕾两个人过着与世无争，自食其力的生活。如果每一天的生活就是开着一台车，在一条没有尽头的平坦的高速公路上奔驰，一路看风景，一路听音乐，而且这身边坐着的真是自己的心上人，这一辈子就没有白到人间走一遭。

在中国，夏天永远是热烈又躁动的，这不单是因为中国作为北温带的国家夏季温度最高，更主要的是，7-8 月是中国大学统一录取的时间。自 77 年恢复高考以后，年年如此，从未变过。这对于有孩子的家庭，千家万户都有一个绕不开的话题，就是当年高考之后的大学录取。本年度，本市，本地区，本省有几个高考状元，考出了多少分，本市谁家的孩子进了 985，谁家的孩子进了 211。这个话题通常要霸榜到 8 月下旬那些被录取的学生纷纷去大学报到了才算消停。本市今年就有一个女孩两周前被清华大学录取，她就一直是街头巷尾的谈资。她是今年地区的高考状元，据说家庭也是知识分子家庭。这一家在这个夏天一直是全市人民羡慕的对象。

暑假期间，对于高二以下的学生，多少是一个可以稍微松一口气的时间。但对于高二以上的学生，紧张程度和开学之后几无区别。过了暑假，女儿就进入高二了。赶在 8 月中旬，离开学还有两周半，女儿的同学要跟父母去杭州游玩，她妈妈是杭州人。这位同学特别邀请女儿一起去杭州。说是跟父母在一起没什么话可说的，跟同学则有说不完的话。因为两个女孩是多年的朋友，知根知底，刘可莘和老婆欣然同意。刘可莘还特地去了这位同学家，买了点礼物送过去，跟她父母见了面。然后又给了女儿一笔钱，告诉她，在外面对朋友要大方一点。还告诉她，在旅游景点，人来人往，两个女孩在一起，不要跟陌生人说话，不要跟大人走散了。外面有许多人贩子，务必要多加小心。

送走了女儿，刘可莘觉得差不多到了该和老婆摊开来讲的时候了。他觉得女儿离开几天是一个极好的机会。他是在经过两个月的思绪梳理和情绪酝酿后，决定正式跟老婆提出离婚。他想，如果她有什么过激的反应，在女儿回来之前还有几天回旋的余地来应对她的过激行为。为了怕老婆听到离婚后真会做出什么不可预测的事情，刘可莘特地约老婆去一家高档咖啡厅。他觉得在咖啡厅里，有那个情调，在特定的场合，老婆应该不会轻易发疯。这有助于她心平气和地接受他的离婚提议。因为小学也是有暑假的，于是，他在中午就给在家的老婆打了个电话，说是孩子不在家，老两口吃喝随意，不妨下午找个咖啡厅一起喝喝咖啡，再吃点点心，放松一下。完了再顺便散步回家。因为奔驰车昨天开到车行去更做车窗贴膜去了，明天才能取车。老婆一听，也是个好主意。两个人的饭菜做起来也得要个把小时，跟三口之家的工作量区别不大，就算是给自己放个假。于是老婆提议，在下午 5 点半她先到"丽的咖啡厅"等他，他下班后就赶过去。"丽的咖啡厅"在家和他上班的公司之间。

　　下午 5 点半钟他下了班，便匆匆往"丽的咖啡厅"赶。转过一个街角，忽然看见一处宽阔的人行道上好多人在围着几个人。刘可莘走近一看，只见一个中学生女孩躺在地上大喊大哭，两条腿在空中乱踢乱蹬。一个父亲模样的人一直试图去拉她起来，可那女孩却不停地把她父亲的手打开。只听见那女孩不停地哭喊道："我不去清华，我要我的家！我不去清华，我要爸爸妈妈！呜···，我要我的家···"女孩的哭喊声撕心裂肺，让驻足的路人无不为之动容，甚至有几位女人也跟着抹眼泪。这时，刘可莘看见老婆的堂姐正扶着一位站在边上失声痛哭的妇女，感觉就是小女孩的母亲了。此时，堂姐也看见了他。他急忙上前两步，叫了一声大姐。大姐轻声地跟他简短地讲了眼前的事情经过。原来这个女孩的确就是今年本地区的唯一的高考状元。在被清华大学录取后，父母今天陪着孩子在中午去了"海鲜大酒家"吃了一顿丰盛的午餐，说是给孩子践行。然后，又去了大超市去买了一些上了大学后的生活用品。在准备回家的时候，母亲告诉女儿，爸爸妈妈准备明天要去民政局办理离婚手续。女儿听完如五雷轰顶，登时就往地上躺。大姐还告诉他，女孩的父亲是市委党校的一个什么研究中心的副主任，后来出轨了一个女下属，是一个单身女教师，致使女方怀孕。结果女方放话了，如果不跟她结婚，她就要向上面告发这位副主任，让他乌纱帽不保。这位副主任不得已只好跟原配提出离婚。而这位母亲考虑到如果先生受到党纪国法的处分，对女儿的未来极为不利，只好含泪同意离婚。

　　刘可莘听完大姐的一番解释，也对女孩表示深切的同情。从人群里出来，刘可莘忽然感觉到，刚才那位状元女孩的遭遇几乎就是自己女儿的预演。所不同的是，如果今天就跟老婆提出离婚，女儿遭受打击时比她还要小两岁。在这个打击之下，女儿别说是高考状元了，恐怕就连二本三本都不知道能否考得上。一想到这里，刘可莘感到今天跟老婆提出离婚可能会是一个非常严重的错误，应该及时刹车。于是，他在走向"丽的咖啡厅"的路上，迅速地在脑子里更新了今天请老婆出来喝咖啡的理由。

等到了咖啡厅，老婆已经在一个角落里落座了。刘可莘在老婆对面坐下，一个劲儿说今天提议两人出来喝咖啡是想让老婆放松一下。顺便又提到，女儿开学就是高二了，后面高考的压力越来越大，应该把给女儿请一个家教的事情提到议事日程了。接着，两人又开始讨论女儿的数理化各科目前的成绩排序，应该从哪一科开始补起。三科都补，不但女儿没有那么多时间，经济上也有压力。于是，夫妻俩光是就孩子学习、高考、补课这些议题就讨论到 8 点半才从咖啡厅出来。

虽然，这次咖啡厅的危机被暂时对付过去了，但和晓蕾及老婆之间的"死亡螺旋"还是没有解开。此后的一段的时间里，刘可莘在脑子里无数次地想找一个最佳方案，希望既能够最终来到晓蕾的身边，陪她到老，又不至于对自己的家庭带来太大的伤害。原本只需考虑老婆这一头就已经极其棘手了，前些时候在街头亲眼所见的那个被清华录取的女孩躺在地上撕心裂肺的哭喊所提醒的女儿这一关，更是让他进入了三难的境地。

一天，下午 5 点半钟，正常下班之后，刘可莘还在办公室处理一些当天的事务，晓蕾突然主动给他发信了："亲爱的，还忙吗？想听故事吗？"

"小宝贝，我手上还有些事，打电话不方便，给我发个短信吧。"

"好吧，你等着，输入需要一些时间。"

"不着急，我等着。"

大概过了 4 分半钟，手机显示有一条短信信息。

刘可莘匆匆把手上的事情办完，打开手机，晓蕾发了一大段信息。

"前两天，我们这儿，团市委，妇联和工会联合举办了一个为本地区的适婚和大龄单身提供交友的一个联谊会，为未婚人士牵线搭桥当红娘，也算是他们为大家办实事吧。其实也就是在公园里，他们圈了一块地方，搭了几个棚子，放了一些办公桌。未婚人士可以把自己的基本情况和对另一半的要求打印出来，交给他们。他们会根据你列出的要求帮你做出匹配，并联系双方，介绍你们认识。至于谈得如何，那就不是他们管得了的。我的两个中学好友（都在我给你看的五人合照上）硬拉我去参加，她们说，实在不忍心老是看着我一个人过（自从老二生下来以后，她们都骂你是负心汉，呵呵）。一路上，她们都把那叫做相亲市场。说东部沿海地区的大中城市，这都已经常态化了，都不用官方机构介入，全是自发而且有序的。我一听，感觉就不是很好。与情感相关联的事情怎么会变成市场？整个就是把人当肉卖啊！不是她们硬拉着，我都想打道回府。结果到那儿一看，她们说的没错，真的就是个市场。不但有我上面说的场面，还有在公园里的一些小树之间拉了很多绳子。那些来相亲的人可以把自己的材料一份交给坐在棚子里的官方红娘，一份还可以用别针挂在绳子上，这样可以增大接触面。我上前看了几份，男的女的都有，真的就是做买卖。上面都是：我的年龄多少，什么学历，工资多少，是否有车有房。有的还会写上父母是干什么的，是否有退休金等。要求对方是多大年龄，什么学历，工资多少，是否有车有房。要的就是等价交换，公平买卖，真是大开眼界，太有意思了。"

　　仔细读了晓蕾的信息，刘可莘也笑了。尤其是晓蕾的同学骂他是负心汉，他不但不生气，还觉得骂得有理。因为，他自己就长期在自责自己是个负心汉，对不住林晓蕾。还有，晓蕾说相亲市场整个就是把人当肉卖，他也觉得这个评价虽然有些尖刻，却又不无几分道理。于是他立刻回复道："小宝贝，你的观点也让我大开眼界，太有意思了。"

隔了 2 分钟，晓蕾回复："后来，我的朋友又给我讲了很多关于相亲市场的趣闻轶事，我忽然感觉到像我们这样，还在一个'情'字里拔不出来的人已经属于珍稀品种了。"

"是的，我身边的小年青谈对象或结婚，真的就是顶着你上面列的硬指标来的。虽然我没有去过什么相亲市场，可这方面的故事也听过不少，确实真的就是拿着这几个硬指标去匹配，成就成，不成就下一个，没什么客气可讲。"

"以前看过一部电影，名字叫'最后的贵族'，或许我们就是最后的'有情一族'。可人是有感情的呀，这是人和动物的区别呀。要不然怎么会有'问世间情为何物，直教以身相许'？"

"所以你就以身相许了，嘿嘿。"这时，刘可莘已经在用智能手机了，而且他知道晓蕾还在用旧的手机。他给她发了个怪脸表情包，也不知道那边是否有显示。

"帮你养了个儿子，你还笑我？你真是一只白眼狼！"

"不敢，以后不了。"刘可莘知道晓蕾一直很艰难，也怕玩笑开过了头会伤害到她。"晓蕾，既然说到这里，我还是郑重其事地建议，如果有合适的话，就再找一个吧。你一天不结婚，我就一天于心不安。我讲过多次了，在这里我跪求你了。你老是这么单着，其实是在拿鞭子抽我啊。"

"刘可莘，你还记得吗，我在第一次寄给你的挂号信里曾经告诉过你，我们的儿子之所以会来到这个世界，是因为我当时怕做了人流之后就永远失去生育能力。毕竟我后面还有几十年，终究还要再嫁人的。可是，等我把儿子生下来后，生育能力是保住了，却发现我再也无法嫁人了。"

"为什么？要求不要太高了，总会遇到合适的。"

"跟要求高低无关。自从你走进了我的心里，我就再也无法容下他人了。这么多年来，无论我怎么辛苦，怎么劳累，我都没有想到要去求助另一段婚姻，这是我的宿命。我曾经尽过最大努力把你从我心中驱赶出去，以便能够开始新的生活，但无论我怎样努力，我都做不到这一点。刘可莘，我要告诉你，你是我生命中的劫！！！"晓蕾在"劫"的后面加了三个感叹号。

刘可莘的心里一阵剧痛，他从来都没有概念，这么多年她是如何走过来的。他有时也对她说，你一个人带两个孩子不容易，至于如何不容易，他想象不出。如今，听她说他是她的一个劫，他真是受到了深深的震撼。他想，目前的这种将就着过的状态真的不能在继续下去了，无论如何得找个突破口。于是，就回复道："请你给我一些时间吧。"说完，两个人都下线了。

第二天，女儿的学校组织她们年级的全体学生参观郊外的一个爱国主义教育基地，顺便出去郊游，说是给长期紧张学习的学生放松一下，这是一个集体活动。半天参观，半天郊游。学校包了大巴出去的，一切都是统一行动，连中午的食品都是统一发放。当然，每个学生都是要收钱的。到了下午 2 点 40 左右，女儿突然给刘可莘打来电话，请老爸赶快来接她。原来，下午郊游时，女儿和几个女同学一时兴起，放飞心情，互相嬉戏打闹，女儿被另一个女孩追逐时，被一块石头绊倒，重重地摔了一跤。现在是膝盖摔破了，脚踝也崴了，坐在地上疼得眼泪都快出来了。也真是碍于全班同学都在场，要是在家里，早哭出来了。大巴是早上送大家出来，放空回去，下午 5 点放空出来，接大家回去。女儿也不想因为自己一人影响大家的出游，又没有空大巴可以呆着，只好让父亲赶快来把自己接走。

刘可莘只好临时请假出来。接着女儿回家时，刘可莘顺便问起，下一个暑假是否还会跟她的朋友去杭州。

女儿叹了一口气，说："去不成了，以后也去不成了。"

刘可莘不解地问："我记得你上次从杭州回来以后，很是兴奋。说是还有好几个地方没有玩到，下个暑假还想跟这个同学再去。"

"我是想去，可是同学的父母离婚了，所以去不了了。"

"怎么好好的就离婚了呢？"

　　"这要怪我同学的妈妈。同学父母去杭州的时候还好好的，啥事没有。到了杭州后在一个老同学聚会上，妈妈遇到了当年的初恋。她和这个初恋感情很深。她的初恋的老婆很多年前就去世了，但他一直没有再娶。他跟我同学的妈妈在聚会上添加了联系方式后，又在聚会结束后两人再单独留下了谈了很久。那人说他之所以后来没有再娶，是因为心里一直装着我同学的妈妈。"

　　"那他们当初为什么没有结婚呢？"

　　"这里的原因太复杂了。就是同学的妈妈和她的恋人的父辈在文革的初期参加了两个不同的造反派组织，是对立的。后来发生武斗，一方就把另一方给打死了。应该是妈妈的父亲把她的恋人的父亲给打死了，而且他也只是其中的参与者之一，还不算是主谋。但毕竟是把人打死了，这是天大的事。当时同学的妈妈和她的恋人都还是小孩，甚至都不认识。"

　　"后来参与的人判刑了没有呢？"

　　"没有，一个都没有。当时在文革期间这属于革命行动，没人管。等文革结束后多年，恋人的妈妈才通过律师找到法院，要求审理此案。但法院研究此案后回复说，当时此案是发生在文革这样一个特定时期，那时公检法都砸烂了，没有量刑依据。而且当时的事发经过都已经无法还原，如果没有证人出来作证的话。再后来又说是过了追诉期等等，总之是不了了之。他妈妈一个普通百姓，势单力薄，也是无可奈何。

因为那个时候一个女的离婚丧偶之后再嫁是很难的，所以他妈妈是守寡把这个儿子抚养大的。后来她得知儿子在和一个仇人的女儿在谈恋爱，无论如何都不同意。她对儿子说，除非我死了，要不然对不住你死去的父亲，也对不住我这么多年吃的苦。结果这个恋人只好忍痛提出分手，说是太爱这个姑娘了，不想耽误了她。"

"这真是一件挺悲剧的事情。"

"我听过了以后都难过了好久。我同学跟我讲了她们家里的许多事情，她啥事都告诉我。"

"那你同学家，她父母可都是好好的，她爸还健在啊。"

"我同学的妈妈一直就嫌弃她爸爸平庸无能，没有上进心。在单位里是得过且过，平时没事就打打麻将。本来她妈妈在杭州有些关系，能够介绍他爸挣点额外收入，他爸就是不肯去。一是能力不行，二是特别不善于跟人打交道。其实我同学的妈妈在这次遇到她的初恋情人之前，一直就已经对她爸不满意，家里吵架也不是一两次了。"

"那你的这个同学对她父母离婚怎么看呢？"

"我同学倒是想得开，甚至支持她妈离婚。因为她也对她爸不满意，觉得他是个窝囊废。还有一点，她还悄悄地告诉我，她特别羡慕她妈有一段刻骨铭心的初恋。"

刘可莘忽然测过脸来，看了看女儿，问道："那你怎么看待同学父母离婚的事情？假如你处在你同学的位置，你会同意她们离婚吗？"

"当然，这还用问吗？我跟我同学的观点完全一致。我要在同学的位置，恨不得把她们的婚姻给拆了！"

"哟呵呵，我女儿的主意还大得很！"刘可莘突然感到女儿真的长大了。以前总感觉到她是一个长不大的妞妞，还怕她将来进入社会容易上当受骗。

女儿不说话，扭头看着侧面的窗外。街边的店铺一个个向后闪。

刘可莘在晚上倒是没有跟老婆分床睡，但闭上眼睛一直在想女儿说的最后一句话。"这还用问吗？我跟我同学的观点完全一致"，好大的口气！这么说，那个清华女孩的事情不会在女儿身上重现？刘可莘一想到这里，感觉到离婚又有一点希望了。

这个晚上，刘可莘是睡得特别香。

有一天中午，刘可莘给晓蕾发了一条短信：方便通话吗？

过了两分钟晓蕾回复："可以的。"

刘可莘立刻把电话打了过来："小宝贝，今天是你的生日，祝你生日快乐，开开心心每一天！"

“谢谢你还记得这个日子！”

“从上个月的下旬的某一天我突然想起这个日子，我就急忙写下来了。这几天，我就常念叨这个日子，生怕真的等到这一天来了，一忙起来就忘了，那真是罪过。不说是你，我自己都不会原谅我自己。”

“刘可莘，有时我想，真不希望你对我这么好，风雨人生路，你陪我一程，我念你一生。生命中能够遇见你已是上天的眷顾，再不敢奢望能够白头到老，拆散你们现在的这个家，我真是于心不忍。这也是我一直不想让你过来的另一个原因。”

“可是我心里实在放不下你，你是我真心爱着的人，也是我儿子的妈妈！”

“可是我们终究不能生活在一起。这是最让我伤感的地方。”

“晓蕾，我知道你一个人带两个孩子很辛苦。请你给我一些时间，让我来找出一个可行的最佳方案。”

“不用找了，这是一个无解的方程。”晓蕾想起了爷爷临死之前给她的忠告。

“让我再想想。哦，对了，晓蕾，你知道现在网上流行一个视频聊天软件，叫QQ？如果可能，建议你也装一个，我想跟儿子在视频里说说话。”刘可莘怕晓蕾不同意跟他视频见面，就只提到儿子。

"哎呦，你这一提醒，我倒立刻想起来了。我的那些姐妹们老是说QQ，只知道是个聊天工具，我只当那是少男少女们的玩意儿，我一个中年妇女是居家过日子的，就别去赶那个时髦了。你这一说，还真能够给你们父子俩见面提供机会。"

"那好，你赶快装一个吧。"

"好吧，晚上回家就装一个。"

"好，我这儿有人敲门了，再见！"

"再见！"

经刘可莘这么一提醒，晚上晓蕾回到家后饭都没有做就先装上了QQ。因为不熟悉，安装了几次才成功。结果整到快6点半才开始做饭。在做饭之前，她又给刘可莘发了一条短信："QQ已经安装好，明天去买个摄像头，可以在你方便的时候跟你儿子进行视频。"

刘可莘立刻回复道："好的，我下班之后的5点半到6点半之间。大概只有这个时间是最方便的。"刘可莘感觉到，他当了部门经理之后的一个最大的好处是一个人有了一间办公室，否则就只能躲在车里跟晓蕾发信息或打电话了。现在要做网上视频，更是只能在自己的办公室。等大家下了班，自己在办公室里关起门来，装模作样地处理事情或文件，别人也不会来检查，领导要有事情，一般是打内线让他过去。因此，有了自己的办公室，跟晓蕾的联系就显得极其放松了。

这时，晓蕾又回复道："那就只有等明天了，今天你早点回家吧。"晓蕾知道他此刻是在办公室里，希望他不要回家太晚而引起麻烦。

第二天一早，晓蕾叮嘱两个儿子都早点回来。然后，她专门去商场买了一个摄像头。在 5 点半钟给刘可莘发了个短信"方便先通个电话吗？"

"可以的。"刘可莘这次是秒回。

电话打通后，晓蕾先说话了："可莘，因为是第一次视频通话，我昨晚就告诉两个儿子，有个叔叔要跟妈妈视频通话，也想跟你通话。这个叔叔就是多年前救过哥哥小命的那个叔叔，是妈妈最好的朋友。你就以这个身份跟你儿子通话。"

刘可莘连忙说："可是我想听到儿子叫我一声'爸'！"

"如果儿子问：'爸，你现在在哪里？你为什么不到我们身边来？你什么时候会过来？'，那你怎么回答？"

一句话把刘可莘给噎住了。

晓蕾又说："等一下开了视频，我先说两句，再让老大说两句，最后轮到霄丹了，你想怎么说就怎么说，说多久都可以。别忘了老大的名字叫霁明。"

“好的，这名字他以前告诉过我，没想到哥俩的名字都出自千古名篇。”

“那就先这么定了，一会儿我把两个小家伙叫过来，再把视频打开。”

“好的，我也把视频打开。”

不到 3 分钟，两边的视频都连上了。

晓蕾和刘可莘都出现在对方的电脑屏幕上。晓蕾突然就泪如泉涌。虽然回复联系后，电话没少打，短信更是多，但能看见对方的影像这还真是第一次，能够与之相比的那就是十四年前了。她怎么能不激动？如果不是两个孩子在身边，她真想放声大哭。还好她还是忍住了。“可莘，你好，我们有十四年没有见面了。你也变老了，你看你两鬓都有斑白的头发了。不过精神还好！十四年前的一切都在我的记忆中，是我一生最宝贵的珍藏。”

“晓蕾，我也是，永不磨灭。”刘可莘也动了情。他看过晓蕾的照片，精神上有准备。

“还是让两个小家伙先跟你说说话吧。”晓蕾是怕自己说多了，控制不住眼泪。

“好的。”

先上来的是大儿子。刘可莘怕孩子认生，先打了招呼：“霁明你好！”

孩子也回应道：“叔叔好！”

"霁明还记得我在十四年前在你们家跟你聊天的事吗？"

这时，晓蕾赶快把脸凑过来，代替儿子说道："怎么不记得，这个叔叔还在深更半夜送霁明去医院，救了宝宝一命。是吗，儿子？"儿子点点头。

"霁明现在几年级了？"

"上高二了。"

"好啊，跟我女儿同一个年级，将来想读什么专业呢？"

"将来想学医，当医生。"

"那好哇，当医生治病救人。不过，你现在得要好好学习，刻苦努力，要不然根本就考不上医学院。当然，还要听妈妈的话。她一个人带你们俩，非常辛苦。在不影响你学习的情况下，可以帮妈妈干点家务活，这个不难吧。"

孩子懂事地点点头。

"还有什么话要跟叔叔说吗？"

孩子摇摇头。毕竟，孩子跟这个叔叔太不熟悉了。

晓蕾立刻把老二拉过来，两个大人都知道，这才是主角。立刻，在刘可莘的眼前，一个稚嫩的小孩出现在屏幕里。刘可莘看着屏幕前的这个小孩，觉得既陌生，又熟悉。陌生的是以前从来没有过面对面的交流，熟悉的是，经过 DNA 比对，他们有血缘。虽然看过这个儿子太多的照片，也在电话里听过他的声音，但这次第一次视频，给他的感觉还是让他百感交集。

晓蕾又像刚才那样，对着小儿子催促道："快叫叔叔。"

"叔叔好！"小儿子加了一个"好"字，他听到刚才哥哥就是这么打招呼的。

"霄丹好！我知道你现在 12 岁了，是吗？

小孩点点头。

"12 岁的孩子现在应该是读小学 6 年级吧？"

小孩又点了点头。

"将来等你长大了，你想干什么呢？你不会也去当医生吧，像哥哥那样？"

"妈妈说长大了让我当老师，跟太爷爷那样。"晓蕾又补充了一句："让他将来读个师范学院，当老师也是他太爷爷的主意。"

"那好哇，大学本科毕业，出来当个中学老师没有问题。又稳定又有寒暑假，非常好！要是霄丹再努努力，读个博士学位，将来还可以当大学教授呢，这可是我们祖坟冒青烟呢，呵呵。"刘可莘一时兴起，竟忘了晓蕾的叮嘱，急得晓蕾在孩子得背后探出半个脑袋使劲儿做鬼脸。

好在孩子还小，也没有听出个中深意，还在不停地点头。晓蕾看到这情景，知道这父亲爱子心切，又没有弄出什么破绽，也就露出了些许笑意。她见这个小儿子说不出什么，觉得反正是父子俩见过面了，就对两个儿子说："行了，你们跟叔叔也算是见过面了，要是没有什么可说的就下去吧。"

接着又对着屏幕说："不为难孩子了，因为是第一次，说不出什么。我送他们到门厅里，你稍等。"

等把两个孩子送出门，还听她说了一句："你们哥俩先看看电视，一会儿妈妈就做饭。"接着，又返回，坐在屏幕前。此时，两个人，四目相对，竟不知如何开口。看着看着，晓蕾眼角又渗出了泪水。

"晓蕾，别老是这么伤感，对身体没有好处。"

"刘可莘，你有自己的家，你可能体会不到我内心深处的感情。我并不是嫉妒你有家，实在是爱你入了心，才会一辈子都忘不掉，对你动了情，才会一辈子都放不下。我甚至都希望你的家非常和睦，只是相思之苦太折磨人了。"

"理解理解，感同身受，我心里也时常是哀哀的痛。只是，我作为一个男人，无法说得太多。一是我有家，二是男儿有泪不轻弹。"

听到这里，晓蕾给逗笑了。

"晓蕾，我看你脸色不是太好，很疲惫的样子，说话也没有力气，你是不是哪里不舒服？"

"还好，是这两天有些忙吧，上班挺累的。"晓蕾故意提高了嗓门，想给对方一种精神饱满的感觉。她甚至还笑了笑，虽然不太自然。她在考虑，要不要告诉刘可莘，她的胸部隐隐地疼痛已经有三个半月多了。自己都能摸到两个小的硬块。前两天去医院，医生摸了摸乳房里的硬块，便立刻开了单子，让她下个星期来做专门为乳房检查设计的 X 射线检查。

　　这时，只听见门被轻轻地敲了三下，小儿子在外面喊道："妈妈，我和哥哥肚子饿了。"

　　刘可莘忙不迭地说："下吧下吧，我们后面常见面。"

　　晓蕾说了一声："多保重！"就下线了。

　　有了视频聊天软件，刘可莘就总想跟晓蕾多见见面，聊聊天。

　　一次，他下了班后用手机联系晓蕾，跟她发送了一个视频聊天的请求，结果一直没有响应。搞得他还紧张了一阵，生怕晓蕾出了什么意外。很晚，才得到回复，说今天下午直到很晚都在处理一位员工的事情。明天可以视频。

　　第二天下午，下班后晓蕾在自己的办公室里，跟刘可莘开通了视频。

　　"我现在是在单位里。昨天我们这里有个员工出了状况，也算是她人生中的一个非常大的挫折吧。因为我在这里是做管理的，我不能不管。我一直陪着她到很晚才回家。两个儿子的晚饭都是我在我们楼下订了盒饭让员工送到家的。"

　　"那位老师出了什么状况，说来听听。"刘可莘其实对那位老师的事情并没有那么大的兴趣，他只是想跟晓蕾说话。

　　"说起来我们的培训中心有一个年轻的女老师，在兰州上大学时谈了一个男朋友，也算是大学同学，但不是一个系的。都是天水人，是在大学的老乡聚会上认识的。大学谈了两年，毕业出来后又继续谈了 5 年，加起来有 7 年了。等到谈婚论嫁的时候，女方说父母要求男方家里要拿出 28 万 8 的彩礼，还要在天水买房买车，婚房还要加上女方的名字。还要在婚前送给女方三金，婚礼那一天婚车来接新娘时还要给上车的红包，婚礼上见了婆婆还要给改口费。还要一大堆我都叫不出的名堂，真是太恐怖了。"

　　"那男方的家里真的都给了？这对于西北地区的普通人家真不是个小数目呢。"

　　"是的，据说男方家里是个做小生意的。真要出，就必需掏空家底，再跟亲戚朋友借一些，也是能凑齐的。但男孩自己觉得跟女孩谈了 7 年的恋爱，应该有感情基础，就去跟女孩商量，能否降低彩礼的金额。结果女孩说，她父母养她这么大不容易，她只能听她父母的。女孩以为只要自己坚持一下，男朋友就会屈服。结果男孩也是给她整得伤了心，一咬牙，就说这个婚不结了。女孩以为男孩说的是气话，也没有太在意，两人就僵持在那儿，互相之间有一个半月没有联系。结果，今天下午，女孩来上班的时候，突然听说男孩要结婚了，下个星期就要办婚礼。她瞬间崩溃大哭，说那个男孩辜负了她，说 7 年的感情还抵不过人家一个半月。女孩在我们培训中心的经理办公室哭得伤心极了，我看着都跟着红了眼圈。我一个下午都在陪着她，开导她，怕她出事，她的课也临时取消了。但是我心里既怪她父母，也觉得她也有不对的地方。既然两个人是真心相爱，为什么又不顾对方家里的经济条件，非要去讹对方父母的钱财？有本事你和人家结了婚以后，靠自己打拼去挣啊！唉，真是搞不懂现在的年轻人是怎么想的。"

"晓蕾是孤陋寡闻了。现在结婚时女方跟男方要彩礼是非常普遍的事情，几乎是约定俗成，成了明规则，还不是潜规则。感觉好像结婚时女方要彩礼是天经地义的事情，不要彩礼反而不正常。用一些女方父母的话来说，不要彩礼，等于是女方掉了价，父母脸上都无光。更何况经济上是一大笔横财，这个机会谁会轻易放过呢，可能一辈子就这一次。要不然怎么说'结婚之前要彩礼，结婚之后要理财呢'。"

"你们那边也是 28 万 8 这样的要吗？"

"那可不一定，看两家的关系，相互理解的程度，还有男方的经济实力。有 18 万 8 的，28 万 8 的，还有 38 万 8 的，多的还有 58 万 8 的。据说这股风江西刮的最凶，38 万 8 算是低的，有的张口是 68 万 8，甚至还有 88 万 8 的。"

"太可怕了，这个婚结下来，那是简直是要了男方父母的老命了。我当初跟霁明他爸结婚可是一分钱都没有跟他们家要啊，这才十几年前的事情啊。"

　　"我的看法是，咱中国这十几二十年的高速经济发展带来了物质财富的快速增长，尤其是加入了 WTO 之后经济发展得更快。根据咱在高中学的政治经济学，物质决定精神，你物质财富的快速积累，肯定要对精神层面带来相应的冲击。要不然人们动不动就说震碎三观，应该就说是观念受到冲击，属于物质对精神的作用。当然这是我的一家之言，仅供参考。"

　　"你分析得还真是挺有道理的，这是我特别佩服你的地方。"晓蕾甜甜地笑了。接着她想了想，又说道："不对呀，现在中国是物质财富增长了，应该对精神世界带来正面冲击呀，应该让人们的精神世界变得更加美好啊，怎么现在人们的道德水准越来越堕落呢？"

　　刘可莘给她这么一问，也懵了，尴尬地笑了："这真是个问题哟，恐怕将来只能请个大学老师来回答了。"

　　"可莘，刚才你说的三观我也不清楚究竟是哪三观，但结合我上次朋友拉我去相亲市场和这次这个女老师的遭遇，我觉得现在中国人挣钱了，或者就像你说的，物质财富增加了，对人们冲击最大的就是现在的婚恋观了。现在的人好像只要谈到婚嫁，就是一个'钱'字，别的都是次要的。现在一个'情'字成了奢侈品，我真是不能理解。"

“你当初结婚不要彩礼那就是你的事了。你当初要是嫁给我，我肯定要给你 88 万 8 的彩礼，不然我都不好意思让你过门。”刘可莘也笑了，笑得有些猥琐。

“你这个大坏蛋就知道逗我开心。”晓蕾说这话时，并没有显出开心的样子。接着她又说：“现在距我们上次相遇才不过十四年，可是现在人们的婚恋观，爱情观变化是如此之大，好像距离我们当年过了一百年。这些人明明就在我身边，可我觉得我们就像活在两个星球上一样。我真不知道是我刚从月球上下来还是她们刚从月球上下来。”

刘可莘摇摇头，叹了口气：“现在大家都觉得钱是最靠得住的东西，这是大势所趋。”

晓蕾听了，沉默了一会儿，便若有所思地问刘可莘：“可莘，假如将来我身体不好了，或者不在了，你能不能担起抚养儿子的责任？我是说霄丹，老大将来是可以自立的。”

“林晓蕾，你在胡说些什么呢？！都知道女的寿命要比男的寿命长。多数人家里都是老公先走。晓蕾，你一定要好好活着。你活得好，我才觉得生命有意义。你不在了，我也会很快死掉的。”刘可莘说着说着，伤感起来。

“好了好了，我也就是说说而已，只是个假设，你也别太当真。自从爷爷去世之后，我在这个世界上就只有两个亲人了，一个是你，一个是余静。”

"余静？"刘可莘有些不解。他觉得自己和晓蕾都有儿子了，当然是亲人。余静只能算是好闺蜜吧。

"可莘，亲人不一定要有血缘。不少有血缘的不但不是亲人，反而是仇人。现在媒体上常有报道，兄弟姐妹为了争一点遗产，大打出手，诉诸官司的还少吗？还有一些夫妻，活在同一个屋檐下，结果是相互算计，冷若冰霜，这能叫亲人吗？我想，我将来要是有个三长两短，你和余静是我仅有的能托孤的人了。她难道还不是亲人吗？"接着，晓蕾又说起了一个关于余静的小故事。"有一回，余静找到我，很认真地问我：'晓蕾，当初我让你从中专退学，你有没有恨过我？'我很惊讶地说：'没有啊，从来没有。我一直觉得你说的话是对的，现在还是这么认为。'她说：'这我就心情好过一点。其实你不知道，后来看见你生活一直很艰难，我总是在深深地自责，是不是我建议你退学，才让你这后半辈子一路坎坷。'我说：'你不要这么想，你当时的分析和建议到现在看起来都还是对的。一个人一生都做着自己不喜欢的工作，这一生真的就没有意义。'后来余静又反复跟我要你的电话号码，她说要跟你认真地谈谈。她还愤愤不平地说：'这个刘可莘太不是个东西了，简直就是个当代的陈世美！你给他生了个儿子，还帮他把儿子养大了。可他不管不问，当甩手将军，他还是个人吗？太忘恩负义了！我要见了他，非敲碎他的脑袋不可！'"

听到这里，刘可莘不但不生气，反而给逗笑了。

晓蕾接着说了一句："当初我们 5 朵金花曾经令同年级的同学羡慕，可是在我们 5 人当中，又数我和余静关系最好。我们从小情同手足，胜似亲姐妹。所以我一直都认为，能够走进对方生命里的人才是真正的亲人。"

"晓蕾，你说得太有道理了！"

"哎呀，对不起，太晚了，我得回去给两个小家伙做饭了。"

"好吧，快回去吧。再见！"

"再见再见！"晓蕾关了电脑，忽然感到胸部又有一阵隐隐的痛。她急忙收拾了东西，匆匆往家里赶。

第九章　三走天水

　　一周之后，刘可莘忽然接到老战友的电话，说是下个月会有一个跑甘肃的货单，问他愿不愿意接。刘可莘一问，虽然送货地点和回货地点都不在晓蕾家，但从送货地点去到回货地点，恰好要经过她家。这是再好不过了。他忙说接接接！

　　老战友说这货是他道上的朋友，跑西北稍多一些。最近因为忙，跑不过来，但又不想失去这个客户，就尝试着问老战友。老战友纯碎就是为了刘可莘。如果刘可莘不想跑，他根本就不接这个单子。

　　还有两个半星期了。他开始考虑后面见到晓蕾和儿子之后，该如何处理她们后面的生活。

　　现在，真的到了要把后面所有的事情都要想清楚的时候了。现在这个家，跟老婆也一起生活了 18 年了。她虽然有不少臭毛病，但终究是一家人，且人无完人，谁都有自己的不足。虽然有时也会为一些鸡毛蒜皮的事情吵过，但真的就是床头吵架床尾和。再还有，虽然上次在车上听女儿说对父母离婚的事情看得比较淡，但如果真的面对这一天谁又知道她会不会像那个清华女孩那样。唉，这个家是不能平白无故地亲手毁掉。铁了心肠毁掉，晓蕾也会于心不安的。晓蕾多次说过此事。假如，晓蕾真的自己找了个人家，踏踏实实开始一段新的生活，自己心里也会好过一些。可是，这个该死的晓蕾，就是走不出自己的心魔，死活不愿再找。这个人真是痴了心了。她就这么痴着，弄得自己也是背着重重的情债。这次去，一是看看自己的亲生儿子，二是要看看这个在自己心里几乎占据了全部重要性的女人，自己儿子的母亲。三是要尽最大努力说服她再建立一个新家庭。刘可莘甚至想好了，如果晓蕾愿意接受自己的意见，他都可以这次就直接把儿子带走。这样可以让晓蕾再找婆家时，更能够被对方接受。否则，拖着两个油瓶，哪个男的愿意奔着找媳妇去，结果一下子迎来三张嘴？只要晓蕾这边工作做通了，儿子带回浙江都还好办。他知道儿子这事早晚都要面对老婆的。现在逃避，将来也要面对。毕竟这就是自己的亲儿子。将来读大学，找工作，还有成家等等，自己都要过问的，不可能绕开。与其这样，在老婆这边，这层窗户纸晚捅破还不如早捅破。把孩子早接到自己身边，赶在他上大学之前还有几年可以培养感情。等到孩子上大学了，哪怕就是来杭州读个杭州师范学院，只要不跟自己在一起，到后面依旧也没有什么感情。一个儿子，跟自己只有血缘，没有感情，跟别人家的孩子有多大区别？

刘可莘越想越觉得这一趟很有必要，他甚至开始有了一种紧迫感。于是，刘可莘在下班后立刻连麦晓蕾。他现在是用 QQ 视频，他觉得键盘敲字比手机短信方便。

开始，刘可莘给晓蕾发短信，说请打开视频，晓蕾说摄像头和麦克风都给老大拿出去搞活动去了，现在还没回来。刘可莘说那就只好敲字，就当作是发短信。于是两人打开了 QQ 文本框。

"晓蕾，告诉你一个好消息，我这里终于有去你们那儿的货单了。这两周就能成行，我已经等了很久了。"

隔了有半分钟，晓蕾才回复："还是别过来吧。"

刘可莘感到心头一惊："为什么，你那边又出什么幺蛾子了？"

"什么也没有，一切如常。"

"那我去看看你有什么不可以的？现在你总不能又用你那张老脸来搪塞我吧，都已经视频过了，都在屏幕上面对面交谈过好几回了。"

"我还是不希望你过来。我真不希望给你们家带来任何的可能造成裂痕的因素。你跑一趟近两千公里，很难不引起她的疑心。我不敢想象，你们夫妻俩为了我的事大吵大闹。我只希望你和她还有孩子能够平安和睦地生活。"

"我说过，这边的事不用你管，我会来处理的。你不让我去看你，或许只有一种可能，那就是你有了中意的人。如果是那样，很好啊，我希望这样啊。"

“刘可莘，在认识你之前，我几乎觉得我这一生几乎都是看得见的，干活吃饭养孩子。运气好的话，还真可以找一个对我好一些的人，重建一个家庭。是你不期然地突然闯进我的生活里的，其实，何止是闯进我的生活，你简直就是闯进我的生命里。你就像一束光，照亮了我的世界。从此让我的精神有了寄托，开心的时候有人分享，难过的时候有人安慰。我已经没有力气再去经营下一段婚姻了。”

“晓蕾，我要告诉你，即使你已经深深地走进了我的心里，我依然觉得你还是要拥抱下一次婚姻。这是我最大的愿望。”

“我说了，我很难走出来。我也知道这是最可怕，最坏的情况。你给了我一束光，可是我们的爱却又见不得光。爱之深刻却又摆不上台面，进一步没有资格，退一步却又舍不得。刘可莘，我上次就说过，你就是我生命中的劫！”

“小宝贝，这是我的罪孽。可是，爱你也是真的。”

“刘可莘，你还记得吗，我们第一次睡在一起的那个晚上，在我的卧室里，那晚狂风大作，电闪雷鸣。第二天一早醒来，你说大雨的晚上你会睡得特别香，我说我也是。其实，我没有说错，在那之前我真的就是那样。可是，你走了以后，我就再也没有那么香甜的夜晚了，不管什么天气，打雷闪电我尤其睡不着。在睡不着的夜晚，我无数次地告诫自己，也许那个人早把我忘了，何必再去想他。就这样慢慢强迫自己睡去。可是第二天一早醒来，又满脑子是你。于是，我慢慢咀嚼出人生的一大苦，就是爱而不得又不舍，谓之劫。"

"这也是我这次有强烈的愿望要再次和你见面的原因。林晓蕾，我既要当面向你谢罪，更要帮你去掉这个心魔。"刘可莘大概是真急了，少有的连姓带名地叫晓蕾。

"你不用谢罪，心魔你也去不掉。有时候，我愿意忍受这种相思之苦，因为我可以从这苦中咀嚼出淡淡的甜。在当今中国，除了亲人和最亲密的朋友圈，人们几乎找不到任何可以值得信任的人，而我却有了一个对他可以心灵完全不设防的人。只凭这一点，我就觉得没有白来人间走一趟。"

"我也觉得我这一生因你而精彩！不管怎么说，晓蕾，我这一趟去看看儿子总可以吧，你总不能让我们父子长期不能相认吧。我还想跟你讨论他后面的培养的问题呢，这可是大事啊。"

隔了好一会儿，晓蕾才回复道："那好吧。路上注意安全。我要下了，给儿子们做饭。"

"好的，你要务必保重，为了我，为了孩子。再见！"

此时，晓蕾不但不再反对，甚至还有些期待。她自己也说不清是期待儿子的父亲终于能够和儿子在一起脸靠着脸的亲密交流，还是自己希望鸳梦重温，和刘可莘一起再现多年前的那个动人心魄的 7 天的生命旅程。以至于这几天她都心情舒畅了许多，胸部也不感觉到那么疼痛了。

　　记得在前几年，暑假快要结束时，晓蕾都会让她们的暑期课外培训课程在 8 月中旬全部结束，以便给忙了大半个暑假的孩子们有一个一周半到两周的时间可以放松休息，出去旅游。这时，她会带着两个小家伙回清水居住。每到傍晚，晓蕾怕孩子吃过晚饭后休息时老看电视会把眼睛看坏，就把小哥俩带出来散步。并带上一个小排球让他们互相垫球。此时她通常是坐在这张长条椅上看着他们打球，看着看着，就陷入了回忆中。也是在这张椅子上，他们一起交流各自的过去，一起评论当下的社会，一起讨论各自看过的书籍，……

　　有时，看看天不早了，晓蕾就会从口袋里掏出钥匙扬起来抖一抖，让它发出哗啦哗啦的声音，接着对老大说："霁明，天快黑了，你快带弟弟回家做作业，妈妈今天有些累了，我想在这里再坐一会儿。"

　　于是，小哥俩就抱着球，拿了钥匙回家了。

　　晓蕾一个人坐在这张椅子上的时候，她总会感觉到，他就坐在她旁边。

　　有时，周末的上午，她把两个孩子留在家里看书做作业，她自己出来买菜。等到拎着一大袋子菜回来时，她会情不自禁地走到这椅子这儿，坐下来休息一会儿。她还给自己找了个理由，今天的菜买得太多了，太沉了。

　　这时，上午的太阳照在身上，暖洋洋的。她自己都说不清，此刻在心里流淌的那股暖流到底是太阳给的还是他给的。

她会经常坐在这张长条椅上，静静地回忆他们当初在这里坐着的时候说过的话，说过的人和事，一遍一遍地回忆。

刘可莘在出发之前再把思路整理了一下。这次无论如何也要把儿子带走，带回浙江，让晓蕾轻装上阵，重建家庭。这样两边都保全了，这是最理想的解决方案。接下来就是到时候如何跟老婆交代这个儿子是怎么来的。毕竟，家里平白无故蹦出一个大小伙子，跟自己又没有血缘，谁能接受？他想，到时候只能跟老婆彻底坦白，把事情的经过一五一十地讲清楚。跟老婆坦白自己的"罪行"和跟晓蕾的终生幸福比起来，孰轻孰重那是不言自明了。他觉得不管怎样，都得去一趟甘肃，而且要尽快，跟晓蕾一起坐下来商量，务必同意他把儿子带走。短痛总好过事情就这么耗着，最后晓蕾孤独终老，儿子跟自己毫无感情吧。

凡事就怕模棱两可，举棋不定，一旦思路清晰了，他反而放下了包袱。

把一切都处理好了，刘可莘就准备上路了。上路之前，刘可莘给晓蕾发了一条微信："即将上路。如果不忙，还会联系，如果忙就家里见！"这是他们互加微信后的第一次用它来交流。

晓蕾的回复已是半天以后了："好的，盼你归来！一路平安！"晓蕾也是用微信回复的。她刚从医院回来，初步诊断为乳腺癌二期。医生让她一是加强营养，二是不要太紧张劳累，三是保持心情舒畅，精神愉快。

大货终于上路了，这次是半挂车。这是他一生中第三次开着大货奔驰在通往天水的公路上。距离上一次无功而返也有 13 年半了。上路不久，看着眼前望不到尽头的高速公路，刘可莘自己都觉得人生真的很有意思。不知不觉中，会跟一个叫天水的地方发生如此紧密的联系，会跟那里的一位女子发生如此紧密的联系，以至于双方都深深地嵌入到对方的生命中，终日魂牵梦萦的都是对方。说起来，两人之间原本没有血缘，又没有学习，工作和生活上的任何交集，怎么会满心都是她呢？想到这里，刘可莘苦笑着摇了要头。这奔波两千公里，为的就是要看看她，唉，人那，真贱！他再次摇了摇头，苦笑了。

一路上，有三分之二以上的路段是高速公路，不但路况好，沿路的服务区的建筑和设施也都有了很大的改观。而且里面的服务也比以前规范一些。刘可莘上路后的第一晚是在过了黄石的下两个服务区停下加油和住宿的。虽说服务区的软硬环境有所改善，但有一件事情似乎并没有大的改观，就是一到晚上，各个客房也还是有人从地下门缝里塞纸条，问他是否需要特殊服务。他只住了一晚，就收到两张纸片。而且还都是印刷精美的彩色小卡片。"嚯，她们的广告宣传也在与时俱进！"他这么想。

第二天，刘可莘起了个大早，昨晚看天气预报，说是这两天天气比较好。刘可莘想能跑快就尽量跑快，争取早点赶到她那儿。刘可莘在车上，感觉到不管是经过城市还是原野，目之所及处处赏心悦目。

他又拿出了一个 U 盘，插入音响 USB 端口，放起了音乐"沂蒙颂"。这是他出发前特地让本单位的新来的大学生从网上下载再拷到 U 盘里的。这首歌真是百听不厌啊，刘可莘心里这么想。每当刘可莘开车奔驰在高速公路上时，他的耳边总会情不自禁地想起"蒙山高，沂水长，……，我为亲人熬鸡汤"的歌声，即使前些年他开车送货去深圳和东莞也是如此。它好像是从遥远的天边飘过来的一样。的确，这首歌的旋律真是优美，优美极了。耳边响起这首歌，眼前就有晓蕾的形象浮现。今天天气真的是好，蓝天白云，大地放光。路上的车也是比以前多多了。谁都知道，中国加入了 WTO，中国成了世界工厂，中国的质优价廉的小商品几乎是打遍天下无敌手。从发达国家的欧美到落后地区的非洲，没有哪里看不到中国商品的。而在这个世界工厂的内部，公路运输承担了物流的百分之七十五以上的运量。路上车多，刘可莘开着车也是格外的小心。他只有在车少的路段，才敢让自己的思绪放飞一阵，想想晓蕾，想想儿子。

半挂车过了宝鸡，前面就是天水了。感觉路上似乎开阔了一些。刘可莘也下意识地提了提车速。

中国人都知道，要想富，先修路。现在，这路修起来了，而且一修就是高速公路，这路两边的经济也都有很大的改变。别的不说，这高速要是穿过县城，或者是擦着城边上走，那这个县城一定是幢幢高楼拔地而起，街道是又宽阔又笔直，不输西方国家一般的城市。如果是高速穿过小村庄，也都可以看到不少人家盖起了两层甚至三层的小洋楼，有的甚至是标准的欧式建筑，弄个拱形门，罗马柱什么的，真不像以前，公路两边的村庄是成片的土坯房，茅草屋。

此时，半挂车的左前方的超车道有一辆黑色的 SUV 向中间车道急速切换，接着又大幅地减速再向右边移动。刘可莘知道这是车主一时疏忽，快要错过旁边的这个高速出口，而下一个出口可能就是几十公里以外了。或许开车的是一个新手，或许是对路况不熟，车主肯定是急了，差个二十几米就真要错过这个出口，最后车主差不多是接近横向地往右边移动，最后来到刘可莘正常行驶的车道上，此时离刘可莘的大货只有 10 多米。刘可莘猛地踩下制动闸，但载着一车货物的卡车仍以巨大的惯性继续往前冲。如果两车相撞的话，前面的 SUV 一定会被撞飞到三四十米以外，而且肯定会被撞碎。刘可莘见状来不及多想，猛地向右急打方向盘，避免两车相撞。由于半挂车载重量大，车头右转了，而车箱仍以惯性往前冲，结果车子边走边侧翻，最后是车厢先着地，然后是整个货车侧翻，并在地上摩擦着拖了十几米，再撞在由水泥墩和铁梁构筑的高速护栏上才停下来。此时车头已经严重变形。

大约在 45 分钟后交警和救护车相继到达现场。医护人员立刻拿着担架和急救包奔向驾驶室。在经过一番努力，等到把刘可莘从里面抬出来后不久，医生就告诉交警，司机已无生命体征。

第十章　最后的有情一族

　　于淑萍是在上午下课后被副校长从数学教研室叫到校长办公室，由校长告知她刘可莘的车祸消息的。交通队打电话给学校时，她还在上课。在得到刘可莘的车祸消息后，于淑萍如五雷轰顶，当场晕倒。

　　在她看来，这个家，她和他是一枚硬币的两面，谁也离不开谁。如果再加上孩子，这就是一个不可分割整体。在家里，她虽然大大咧咧，有时甚至对他颐指气使，但她从来都没有想到过这个家少了他会是什么样子，她不敢去想，少了他，这个家还叫不叫家。

　　学校给了她两个星期的假。她整天整天地把自己关在卧室里，看着刘可莘生前拍的那些照片在哭泣。一想起老公在世时，自己平时对他时不时地耍小性，有时还大呼小叫地吼他，她愈加感到老公活着的时候受了她太多的委屈，有时忍不住是一顿嚎啕大哭。女儿则是请了一周的假，前三天自己也伤心欲绝，后面几天倒是她在安慰妈妈。甚至亲戚朋友过来探视，也都是女儿在承担接待，除非是单位领导或是高龄长辈。

　　晓蕾向刘可莘发出了她开始使用微信后的第一条微信，就再也没有收到任何回复。

开始是她预感到了什么，后来她确信他在路上发生了什么，因为她坚信他对她的爱。如果她再也收不到他的任何消息，那就只有一种可能···他离开了这个世界。这个确信终于彻底击垮了她。

她买了一个精美的小笔记本，恭恭敬敬地抄下了弘一法师李叔同的一段话：

我问佛：两个没有结果的人，为什么要相遇？

佛说：你怎知今生的相遇，不是为了弥补曾经的遗憾。说不定今生的相遇，是你前世磕破头求来的。

所以，你无论遇到谁，他都是你生命中该遇见的人。

相遇即是缘，不是恩赐就是劫。

你唯一能做的就是：拥有时真心相待，失去时坦然相对。

你我虽然不能一世相拥，但是却有一辈子的思念，你陪我一程，我念你一生，缘起，在人群中看到你，缘灭，看见你在人群中。陪伴就是在还债，离开就是已还清。你唯一能做的就是拥有时真心相待，失去时淡然相送。相遇即是缘，不是恩赐就是劫。

抄完以后，她淡淡地说了一句："三生有幸遇上你，纵使悲凉也是情。"顿了一顿她又说："是的，他已经还清了。"

　　一年以后的夏天，此时中小学都在放假。于淑萍家的门铃突然想起。于淑萍打开一看，门口站着一位优雅端庄的中年妇女，她的右边还站着一个小男孩。这位妇女右手搭在孩子的右肩上，十分地爱抚。于淑萍稍微瞥了小孩一眼，似乎感到有点眼熟，而且是让她感到有一种不安，甚至恐惧的眼熟。于淑萍问道："请问你是···?"

　　"请问您是于淑萍老师？您故去的先生是刘可莘，对吗？"

　　"是的是的。"

　　"我叫余静，是从甘肃来的，我在甘肃天水市人民医院工作。我知道您不认识我。请问我可以进来说话吗？"她知道她有很多话要说，一直在外面站着，人来人往不方便。

　　"可以的，请进来吧。"于淑萍只知道刘可莘生前跑过两次天水，这是仅有的他们与天水有关联的地方，或许他们还有什么经济上的往来？于淑萍这么想。

　　两个人进来，换了拖鞋，来到门厅。

　　"你们请坐，我给你们倒茶。"于淑萍摆了摆手，示意他们坐中间的沙发上。

　　于淑萍随即端上两杯茶放到前面的玻璃茶几上。然后自己坐在边上的沙发上。女儿不在家。

待三个人都落座，余静用她特有的女中音平缓地说道："我是专门带着这个孩子从天水来找您的。您不妨先看看这个孩子像谁。"

当于淑萍再次打量了孩子不到 10 秒钟，眼泪顷刻间夺眶而出。眼前孩子的这张脸分明跟卧室里刘可莘的童年照的脸几乎是用一个模子刻出来的。而且，于淑萍还看到孩子的脖子上还挂着刘可莘生前曾经挂过的翡翠弥勒佛。这是十多年前刘可莘第一次去天水时，她特地提醒他带上这个的。再后来就一直没有再见到它了。因为只是一个小挂件，她也没有在意，甚至早就忘了这个小东西。

余静看到于淑萍在啜泣，也猜出了她大概知道孩子的身世。继续说道："您大概知道孩子的父亲是谁了。没错，孩子是您先生的亲儿子。刘可莘和孩子的妈妈有过一段凄美的爱情故事。我希望您不要苛责您故去的先生，您不妨跳出来，站在一个更高的维度，用一种对生命之美去欣赏的态度来看待他们之间的经历。"

于淑萍从放在桌上的纸巾盒中抽出几张纸巾擦了擦眼泪说："我不苛责，你请讲。"

于是，余静缓缓地讲述了刘可莘和晓蕾这长达 14 年的爱情故事。于淑萍开始是生气，继而是愤怒，但很快就被两个人之间的真爱深深打动。她一边听，一边哭。故事讲述了整整 4 个小时，于淑萍也哭了 4 个小时。

　　“当林晓蕾处在最困难的时候，我几次跟她要刘可莘的电话，我说我要来跟刘可莘通通电话，告诉他，儿子是他的，他不能不管这母子俩。本来我和林晓蕾情同姐妹，许多事情她都听我的，但她坚持不给我您先生的电话号码，说不想打扰他的家，她自己能扛。如今，她把自己扛成了癌症晚期。”说着，余静自己也忍不住失声痛哭。她擦了擦眼泪，继续说道：“她最后的愿望就是希望她的儿子和自己的亲姐姐见上一面。毕竟她们是有血缘的。如果不趁着自己还在世时让他们姐弟相见，将来这两个明明有着血缘关系的人，走在路上却是陌路人，这会是一件人间莫大的悲哀。所以，我无论如何要带着孩子来见你一面。即使你们始终不认这个孩子，我努力了，也就没有遗憾了。我非常希望将来两个孩子长大以后，父母一辈都不在了，这两个直系亲人能够紧紧依靠，相互扶持。您的女儿在她的生活中有一个亲弟弟做她的后盾，对她一生都会有帮助。在一对夫妇只能有一个孩子的当下，这个弟弟就是姐姐的无价之宝，您说是吧？咱中国人常说血浓于水，真是把生生世世割不断亲情都浓缩在这 4 个字里了。我呢，这几天还在这里，您可以让两个孩子做一下 DNA 检测，这样大家心里都很踏实。既然现在有这个技术，不妨试一试。现在做 DNA 比对非常方便，结果很快就会出来。”

　　说完，余静跟于淑萍要了一把剪刀，从孩子头上剪了一缕头发，要了一张纸巾包好，放到桌子上。她婉拒了于淑萍留她们吃饭的请求，带着孩子出来了。她说她们就在附近住酒店。并互留了电话，以保持联系。

晚上女儿回家，看见母亲一直在哭，问过缘由，女儿也感动地哭出声来。第二天，她们去医院做了 DNA 比对。

回家后，于淑萍忽然想起，刘可莘出了事故后，警方交给她的刘可莘的遗物里有他的手机，她一直精心地保存着。她翻出手机，再次充电后，开机，显示密码输入界面。她先输入刘可莘的生日，不行，再输入女儿的生日，还不行，最后她输入自己的生日，顺利进入。

她再次用了 4 个小时，把刘可莘和晓蕾的所有来往信息来回读了好几遍。尤其是读到晓蕾对于刘可莘说："我非常希望你对她好一点"时，再也忍不住了，大颗大颗的眼泪落在手机上。她急忙抽出纸巾擦擦眼睛又擦手机。

第三天，DNA 结果出来了，姐弟俩有生物学上的血缘关系。

第四天，于淑萍和女儿跟余静和儿子一起登上了飞往兰州的航班。

晓蕾在一周之前就进入了 ICU。虽然是浑身插满了管子，但她脑子还是很清楚的。她在普通病房住院时，都是大儿子在照料。她回想起自己这一生，生如蝼蚁，贫贱卑微，似乎什么都没有。但她又觉得老天给了她两个儿子，外加 7 天的让她回味一生的爱，她又觉得似乎此生足矣。

她又想起爷爷，这个唯一抚养自己长大成人的人。生前，他很是欣赏自己这个孙女。但就像所有的长辈无不希望下一代，第三代有一个好的归宿，有一个平凡普通但又幸福和美的家。因此，爷爷一直对孙女一人带着两个孩子的境况痛心疾首又无能为力。爷爷在弥留之际，也像自己这样，器官衰竭却又脑子清醒。他知道孙女和远方的一位男士有着一段刻骨的情缘。他拉着孙女的手，不无忧虑地对晓蕾说："孩子啊，不要太痴情了。后面有中意的，还是先安个家吧。看见你这么多年一直漂泊，爷爷死不瞑目啊！"晓蕾紧紧握住爷爷的手，失声痛哭。爷爷接着说："我们这些生活在社会底层的人，是没有资格谈论感情的。全力以赴能把命活下去就已经算是苍天有眼了。"

晓蕾又反过来伸出另一只手，两只手紧紧握着爷爷那只干得像柴火棍一样干枯的手，边哭边说："社会底层又怎么了？社会底层的人也是人，命也是命，情也是情！"

爷爷说："话是这么说，可是，我们这个世界，有太多的好女人，为了一个情字，最后活成了怨女。你看看这世上，活着的成人，百分之九十九都会在自己成家以后，会遇到比自己的另一半更好的异性，因为每一个活着的男男女女无一人是完美的。因为我们多数的人都会在 30 岁以前结婚，而在其后生活的 30 到 50 年间，总会遇到另一个或一些异性，如果他们身上的优点恰好映衬了自己的另一半身上的缺陷，如果这相遇的两个人都相互欣赏，这就会带来一个致命的问题。你的那个他是要你的情还是要他的家。古往今来，不计其数的男女都困扰其中而不能自拔。这里没有对错，这是人生一个无解的问题，或者叫无解的方程。至少 500 年内无人能解。如果你有本事向天再借 500 年，那么我只能说这是一个千年难题。正是因为它无解，所以，在无数的男女尝试着提出自己的独特的解法的时候，每一种解法就是一段哀怨动人的故事。"

此时晓蕾已是泣不成声。她从未想到在过去的十几年间自己竟然会和那个他懵懵懂懂不由自主地闯进一个人类社会千年难题的解题过程。自己作为社会底层的一个柔弱如水的普通女人，怎有这个能耐？

她又想起，在爷爷走后，她自己一个人来到爷爷乡下的自家屋里，清理爷爷的遗物。在书架上，堆的全是哲学和历史书籍。但晓蕾却在爷爷的装他的"贵重物品"的一个小箱子的底部，发现了爷爷留下了唯一一套文学作品：三卷本的《荆棘鸟》。

一开始映入眼帘的文字便让她感到了心灵的震颤。"荆棘鸟有一个传说，说的是有那么一只鸟儿，它一生只唱一次，那歌声比世上所有一切生灵的歌声都更加优美动听。从离开巢窝的那一刻起，它就在寻找着荆棘树，直到如愿以偿，才歇息下来。然后，它把自己的身体扎进最长，最尖的荆棘上，在那荒蛮的枝条之间放开了歌喉。在奄奄一息的时刻，它超脱了自身的痛苦，而那歌声竟然使云雀和夜莺都黯然失色。这是一曲无比美好的歌，曲终而命竭。然而，整个世界都在静静地谛听着，上帝也在苍穹中微笑。因为最美好的东西只能用最深痛的巨创来换取……这就是荆棘鸟的传说。反正那个传说是这么讲的。"

她快速地翻着，当她看见书的最后一册的最后一页，有一行清秀文字：送给海澜，愿你听到她的歌声。♡文婷。

只这一句话，她突然明白了余静从她的局长父亲那里听来的故事。

那是爷爷去世前一年的一天，余静有一次偷偷把晓蕾单独约出来，告诉她一件事。此时，余静已经从天水市第一人民医院考上了四川的华西医科大的研究生，她正值暑假期间。

余静先问晓蕾："你是否知道咱们当时在读中学的时候，有一个教语文课很有名气的女老师叫王文婷，大半辈子是一个人带着一个儿子过的？她虽然没有教过我们，但都知道她教课非常好。她前些时候去世了。"

晓蕾说："知道的，听说早年好像还跟我爷爷有过一段交往。别的就不知道了。"

“好的，现在我来告诉你事情的大致原委。”余静望着远方，讲起了她知道的过往：“文革中，你爷爷就从天水下放到了我们这边的一个乡中学教书，那时叫公社中学。因为家里的成分不太好，你奶奶去世后他就一直是单身。但是爷爷非常有才。那时，是文革的非常时期，天天要写大字报，写大批判文章，写决心书，积极分子还要写公社广播稿。你爷爷的文采就帮了大忙。那时，乡所在地有一个漂亮姑娘，成分很好，上面一心想栽培她，开始是让她当大队妇女主任，后来又要提拔当公社妇女主任。她就要经常在会上发言，还要参加毛主席著作讲用会，做讲用报告。她的文采够不着，就经常找你爷爷。这接触一多，就深深爱上了你爷爷。他们经常在一起，开始是聊革命形势，后来则是探讨人生。她不但爱上你爷爷的文采，更欣赏你爷爷的人品，觉得他非常正直，有思想。但是，在那个特殊的年代，他们的爱情为时代所不容。上上下下都做那个女人的思想工作，要她站稳阶级立场，但那个姑娘就认定了你爷爷。于是，上面就找到你爷爷，严厉训斥他妄图通过恋爱手段来达到拉拢腐蚀贫下中农下一代的罪恶目的。最后，为了拆散他们，公社领导就把你爷爷又从乡中学贬到一个偏远村小学。就这样，上面硬把他们给拆散了。后面你爷爷后半生就没有再婚。而那个妇女主任等到 27 岁才匆匆和一个大队书记的儿子结了婚，后来她生了个儿子。再后来，她赶上最后一拨工农兵大学生招生，被推荐读大专，她本来可以去学医的，但她选择读师专。去了以后，就跟她老公离婚了。后来没有再结婚。有人说过，她跟大队书记的儿子结婚，只是为了要一段婚姻的名分，因为那个时候的女人要是一直单身，那是不可思议的事情。要是结了婚，再离婚，别人也就不会再说什么了。那个时代，如果女人是一个老姑娘，到哪儿别人都会指指点点。她心里一直装着你爷爷，毕竟那是她的初恋。但那个时代大的环境是讲究阶级斗争，小人物没有谁能够抗拒当时的政治潮流。但你爷爷和他的那个她却始终深爱着对方。"

晓蕾惊讶地问道："你怎么了解得那么清楚？"

"我爸爸那时是赤脚医生，经常走村串户，什么事情不知道？那个妇女主任生儿子，都是我父亲安排人给接生的。她前些时候去世了，去世之前也是我爸爸安排人抢救的。所以他就跟我讲起这段令人唏嘘的故事。他说这只是一个大致的经历，其实里面还有很多动人的故事细节，因为我们没有经过文革，很难想象到当时的那种政治高压对于人性的考验和对爱情的摧残。"

晓蕾凑近了余静，轻声地说道："难怪爷爷总跟我念叨'我们这些生活在社会底层的人，是没有资格谈论感情的。全力以赴把命活下去就已经算是苍天的恩赐了。'我现在才知道，奶奶去世那么早，爷爷也始终没有再娶。他心里只有她。”接着，她又转过头来，看着远处，说：“我忘了是在那里看到的一首诗，美极了，我念给你听：

白头并非雪可替，

相识已是上上签

即便余生不是你，

此生一程已足矣

这或许就是爷爷一生的写照。”

女老师去世之后的一年，爷爷也追随她而去。

晓蕾还记得，当爷爷在弥留之际，已经出了 ICU，所有的管子已经拔除，自己一直就坐在爷爷的病床边，久久地紧紧地拉着爷爷干枯得像木棍一样的手。她一生中第一次清楚地感觉到活着的人是怎样慢慢地由人的常温变得冰冷的。她一直凝视着爷爷那张布满皱纹的脸，没有一点害怕。她忽然感觉到，人生就是一个过程，人生完全没有意义。爷爷在世时吃了那么多苦，甚至受到了政治迫害，爷爷的世间恩怨，爱恨情仇都随着这双干枯的手的变凉而随风飘去，就像他的灵魂。她想，如果有一天我也不在了，那这个世界上知道爷爷曾经来过这人世间的人就只有两个儿子了。在他们之后，就没有任何人知道人间还有过一个叫林海澜的人曾经存在过。想到这里，她趴在爷爷的冰凉的遗体上哭了整整一个晚上。

　　当晓蕾捧着那套爷爷细心包好的《荆棘鸟》仔细端详的时候，她仿佛看到了那位女老师，幻化成了一只荆棘鸟，它在寻找着荆棘树，直到如愿以偿，才歇息下来。然后，她把自己的身体扎进最长，最尖的荆棘上，在那荒蛮的枝条之间放开了歌喉。在奄奄一息的时刻，它超脱了自身的痛苦，而那歌声竟然使云雀和夜莺都黯然失色。这是一曲无比美好的歌，曲终而命竭。唯一与书上所说不一致的是，并不是整个世界都在静静地谛听着，上帝也在苍穹中微笑，而是整个世界只有爷爷一个人在静静地聆听，并在暗夜中含泪欢笑。

　　当余静和于淑萍赶到医院时，晓蕾已是在弥留之际，时而清醒，时而昏迷。她是因为乳腺癌的癌细胞全身扩散，已经转移至胰腺和其它一些器官，导致内脏多处功能衰竭。她已经转回普通病房，有些管子已经拔除。于淑萍坐在晓蕾的病床前，静静地看着这位素未谋面却又和自己紧密相关的女子，心里是百感交集，感慨万千。余静则站在于淑萍的身后，一样地注视着自己一生的挚友。

　　约有 20 分钟，晓蕾醒来。余静走上前一步，弯下腰，轻轻地在晓蕾的耳边说："儿子和姐姐见面了，一切都非常好。姐姐的妈妈也来了，专门飞来看你。"说着，余静往旁边挪了一步，让晓蕾能够看清于淑萍。晓蕾一下子眼泪夺眶而出，顺着眼角流到枕头上。于淑萍一把抓住晓蕾的手，用纸巾替晓蕾擦了擦眼睛。自己也是眼泪簌簌落下，她又自己给自己擦。

晓蕾用微弱的声音缓缓说道："姐，真是对不起，我不该占有刘可莘。"

"别说了，晓蕾，你没有，是你给了刘可莘一份额外的爱，又维护了我们这个家。他虽然一生短暂，是你让他觉得人间美好，不虚此行。"

三天后，晓蕾溘然长逝，距刘可莘的车祸事故亦是一年有余。

余静在整理晓蕾遗物的时候，找到了一个精美的盒子，里面放着一本书《林徽因传》，在书的下面放着一对绿色爱心流苏耳环并吊着十字架耳坠，那绿色是嵌着的心形翡翠。还有欧莎法式 v 领飘带雪纺衫以及高腰直筒黑色长裤，物品叠放得非常整齐。

两颗真挚灵魂终于在天国相遇。

本来，晓蕾只是想让儿子和姐姐见过一面后，依旧由余静带回并托孤给她。大儿子考上了西安医科大学，是余静帮他填的志愿，这也是余静的母校。孩子有学校提供的奖学金和助学金，勉强可以自己保住自己。现在，于淑萍在和余静协商后，做出了两个决定：一是她决定自己把小儿子带走，毕竟他是自己丈夫的亲儿子，和自己的女儿是亲姐弟。二是，把晓蕾的骨灰也带走，让她和先生合葬。

　　于淑萍和余静合力把晓蕾的后事办完后，带着一儿一女和一包骨灰回到了自己的家。回家后的第二天，她就去了市殡仪馆暂时取回了刘可莘的骨灰盒并买了一个非常精美的大号骨灰盒。又买了一束康乃馨回家。她把两个小孩叫到跟前，让两个孩子站着，在他们的注视下，把两个人的骨灰倒进那个大的骨灰盒里，稍稍搅拌后，把康乃馨的花瓣一片一片地摘下撒在骨灰上面。在盖上盒盖以后，于淑萍双手捧着骨灰盒，忽然，她低下头，侧着头把脸贴在骨灰盒上，眼泪止不住流了下来。

　　女儿忍不住轻声地问道："妈妈，这个女人夺了爸爸的爱，你为什么还这样对待她？"女儿这个夏天被清华大学录取。

　　于淑萍也轻声回道："孩子啊，等你长大了你就知道，人那，这一辈子，灵魂的撕扯最是要命。这位阿姨和你爸几乎耗尽了他们的半生在同他们内心深处的真挚情感搏斗，只为保全我们这个家。"

　　"可是，如果他们一开始就克制感情，坚守底线，不就后面什么都不会发生了吗？"

　　"爱是可遇不可求的。一个人一生有幸遇到一段真爱，这真是上天的眷顾。我有时甚至在想，如果我遇到了一个让我心动的人，他给了我一段刻骨铭心的爱，我们这个家还能不能够保得住。我甚至感觉到我更有可能会不顾一切地跟他远走高飞。你看看这个晓蕾阿姨，即使跟你爸有过一段痛彻心扉的爱，但她依然尽全力在维护我们这个家，她身上始终闪耀着人性的光辉。"

　　女儿不说话了。她当然不知道，妈妈在不经意间也触碰到了这个人类社会的千年难题。她也不知道，这个平时大大咧咧，甚至有时简单粗暴的妈妈，却也可以在先生最后的时刻慷慨地去成全先生生前的未遂之愿，同样展现出人性之美。

　　于淑萍轻轻地抚摸着骨灰盒，擦了擦盒盖上的泪水，自言自语地说道："晓蕾阿姨说的是对的，她们是我们这个世界最后的有情一族。"

　　（完）

2025 年 1 月 8 日于多伦多

作者简介

江亚东，物理学本科和硕士，计算机博士，曾在解放军指挥技术学院教授大学物理，在北京科技大学讲授软件工程、神经网络和人工智能等课程，副教授。2002 年定居加拿大多伦多，在 Meritus Academy（Olympiads School）讲授数学至今 20 年。

www.ingramcontent.com/pod-product-compliance
Lightning Source LLC
Chambersburg PA
CBHW060418310726
48976CB00003B/1108